배신 기사의 유쾌한 신의 13

초판 1쇄 발행 2024년 5월 20일

지은이 ㅣ 가언
발행인 ㅣ 최원영
편집장 ㅣ 이호준
편집디자인 ㅣ 최은아
영업 ㅣ 김민원 조은걸

펴낸곳 ㅣ ㈜ 디앤씨미디어
등록 ㅣ 2002년 4월 25일 제20-260호
주소 ㅣ 서울시 구로구 디지털로32길 30 코오롱디지털타워빌란트 1301-1308호
전화 ㅣ 02-333-2513(대표)
팩시밀리 ㅣ 02-333-2514
E-mail ㅣ seed_dnc@dncmedia.co.kr
블로그 ㅣ blog.naver.com/gnpdl7

ISBN 979-11-6145-627-0 04810
ISBN 979-11-6145-506-8 (SET)

※ 저자와 협의하여 인지는 붙이지 않습니다.
※ 이 책은 ㈜ 디앤씨미디어(시드북스)가 저작권자와의 계약에 따라 발행한 것으로 본사와 저자의 허락 없이는 어떠한 형태나 수단으로도 내용을 이용할 수 없습니다.

배신기사의 유쾌한 식의

가언 판타지 장편소설

SEEDBOOKS FANTASY NOVEL

1장 딱 한 번만 말합니다 · 7

2장. 재미있는 일이라고 했지? · 45

3장. 뭘 기대했던 겁니까? · 93

4장. 먼지 쌓인 잔재 · 155

5장. 함께하고 나발이고 · 203

6장. 동족끼리는 서로 알아보는 법 · 253

1장. 딱 한 번만 말합니다

딱 한 번만 말합니다

　라이오스가 생활관에 돌아온 건 새벽녘이 다 되어서였다.
　기감이 예리한 기사들을 깨우지 않기 위해 라이오스는 최대한 기척을 죽이고 자신의 집무실로 향했다.
　야간 경비에 나선 인원들을 제외하고는 모두가 잠자리에 들었을 시간이라 생활관은 그저 조용하기만 했다.
　'한심한 노릇이군.'
　라이오스는 스스로를 질책했다.
　최근 들어 자꾸만 마음을 다스리지 못하는 일이 잦았다.
　혼란스러운 상황에 지지대가 되어 주기는커녕, 감정조차 제대로 갈무리하지 못하는 꼴이라니.

부하들에게 면목이 없을 지경이었다.

오늘도 마찬가지였다.

혼자만의 시간을 가지면 머릿속이 조금 정리될까 싶어 한참 동안 자리를 비웠다.

그러나 무의미한 일이었다.

자신이 지독하게 꼴불견이라는 것을 새삼 깨달았을 뿐이니까.

'내일은 그 녀석을 찾아가 볼까.'

아렌트 역시 할 말이 많을 터였다.

피하기만 해서 능사가 아니라는 건 잘 알았다.

성질 급한 녀석의 인내심이 얼마나 버텨 줄지 모르니, 터지기 전에 차라리 빨리 대면하는 게 나을 것이다.

술렁이는 마음을 애써 가라앉히고, 단장 집무실의 문고리를 잡으려던 라이오스가 멈칫했다.

"……하아아아."

뒤이어 커다란 한숨이 터져 나왔다.

아무래도 놈의 인내심은 벌써 한계에 다다른 듯했다.

잠깐의 뜸을 들인 뒤, 라이오스는 결국 마른침을 삼키며 문을 열었다.

그러자 안에서 시큰둥한 목소리가 바로 날아들었다.

"뭐 하다 이제 와요?"

불청객은 뻔뻔하게도 손님용 소파도 아닌, 라이오스의 업무용 책상을 차지하고서 앉아 있었다.

"……."

마치 처음부터 제자리였던 것처럼 턱까지 괴고 이쪽을 바라보는 꼴이 웃기지도 않았다.

저 버르장머리 없는 놈을 어쩌면 좋을까.

단장의 자리에 떡하니 앉을 정도로 간 큰 견습 기사는 예나 지금이나 저놈뿐일 것이다.

새삼스럽게 골치가 아파져 라이오스는 잠깐 그 자리에 서서 미간을 꾹 눌렀다.

"일단은…… 거기서 비켜라."

"싫은데요."

대충 예상했던 대답이 돌아왔다.

아까와는 다른 의미로 머리가 지끈거렸다.

자신이 혼자 어떤 삽질을 해 댔든, 이 망할 녀석은 지나치게 한결같았다.

꼭 아무 일도 없었다는 것처럼.

'원래 이런 놈이지.'

그걸 자각하고 나니 맥이 탁 풀렸다.

"몸 상태는. 일단 육안으로는 나쁘지 않아 보인다만."

"보시다시피."

의자에 푹 파묻힌 채 아렌트가 어깨를 으쓱했다.

"렉시온 님이 무슨 짓을 했는진 몰라도, 오히려 전보다 몸이 가벼운 것 같기도 하고요. 검을 쥐어 봐야 제대로 확인할 수 있을 것 같은데, 검은 어디에 있어요? 서리 어린 손길도 안 보이고."

"내가 가지고 있다."

라이오스가 덤덤히 대답했다.

"검이 많이 상해서 손질해 뒀다. 슈타들러 백작님께 부탁드려서 마정석도 교체했지."

"다시 방에 가져다 두면 어디가 덧나요? 지난번부터 왜 자꾸 남의 검을 빼돌려요?"

무려 단장이 직접 검을 손봐 줬다는 말에도, 싸가지 없는 견습 기사는 황송해하기는커녕 뚱하니 투덜거리기만 했다.

그를 물끄러미 보던 라이오스가 충동적으로 툭 내뱉었다.

"유품이라도 챙기는 기분이었다."

"……."

아렌트의 목소리가 뚝 멈췄다.

라이오스는 가라앉은 눈으로 자신의 자리를 차지하고 앉은 견습 기사를 가만히 응시했다.

"두 번 다시 겪고 싶지 않더군."

한동안 침묵이 흘렀다.

해야 할 이야기도 많았고, 확인할 것도 있었다.

그러나 라이오스는 한참 동안 아무런 말도 꺼내지 못했다.

자신에게 먼저 운을 뗄 자격이 있는지조차 확신할 수

없던 탓이었다.

아렌트는 단장의 푸른 눈동자에 음울한 그림자가 드리운 것을 발견했다.

심지어는 아래로 늘어뜨린 손끝까지 잘게 떨리고 있었다.

그 꼴을 보자니 조금 아득해졌다.

'고장 났네, 진짜.'

아마 '성검의 푸른 기사' 속 라이오스가 이런 모습이었겠지.

그 원인이 무엇인지도, 아렌트는 잘 알고 있었다.

속으로 혀를 쯧 찬 아렌트가 자리에서 몸을 일으켰다.

"단장님한테 물어볼 것도 좀 있고, 할 말도 꽤 있는데요."

그는 단장에게서 몇 걸음 떨어진 곳에 우뚝 멈춰 섰다.

"다른 것보다 먼저 하나만 짚고 넘어가죠."

라이오스를 정면으로 마주 보고 선 아렌트는 언제나 그렇듯 속을 읽을 수 없는 무심한 표정을 하고 있었다.

"딱 한 번만 말합니다. 그러니까 잘 들어요."

"그러지."

라이오스가 덤덤히 대답했다.

어떤 힐난이 쏟아져도 감내하겠다는 얼굴이었다.

하지만 그렇게 선언한 것치고, 정작 얼마간 더 뜸을 들인 건 아렌트 쪽이었다.

길어지는 정적에 라이오스가 조금 의아해질 찰나.

얼굴을 쓸어내리며 슬쩍 단장의 시선을 피한 아렌트가 짧게 툭 내뱉었다.

"미안해요."

순간 라이오스는 망치로 머리를 한 대 얻어맞은 기분이 되고 말았다.

황망한 눈으로 아렌트를 내려다보던 단장이 얼이 빠진 채 더듬더듬 물었다.

"잠, 잠깐만. 뭐라고?"

"내가 분명 한 번만 말한다고 했을 텐데요."

하지만 돌아온 것은 늘 그렇듯 삐딱한 대답뿐이었다.

아렌트의 입에서 나올 거라고는 절대 상상해 보지 못한 말이었다.

그리고 지금 상황에서 들을 만한 말은 더더욱 아니었다.

"……."

기습 공격이라도 당한 것 같은 얼굴의 단장을 올려다보던 아렌트가 푹 한숨을 내쉬었다.

기껏 꺼낸 대사에 단장은 한층 더 맛이 간 모습이었다.

짜증스레 머리를 긁은 아렌트가 덧붙였다.

"멍청한 얼굴 하지 마세요. 열받으니까."

이게 '아렌트'답지 않은 짓이라는 건 잘 알고 있었다.

하지만 연기 실수는 이미 거하게 저지른 판이었으니,

이렇게 된 이상 찜찜한 부분은 짚고 넘어가는 게 옳을 것 같았다.

자신의 언행과 불일치했던 행동이 라이오스를 크게 뒤흔들었던 것만큼은 사실이니까.

"다시는 그런 짓 안 할 테니 걱정 마세요. 나도 별로 유쾌한 경험은 아니었거든요."

문득 대신전에서 로저와 대치하던 때가 떠올랐다.

이미 그때부터 라이오스는 평소답지 않게 동요하고 있었다.

아렌트 역시 당시에는 단장이 흔들리는 까닭을 알지 못해 꽤 당황했다.

하지만 이제는 이유를 좀 알 것 같기도 했다.

'그것도 아마 나 때문이었겠지.'

라이오스는 함께 있던 부하의 안전을 보장할 수 없을지도 모른다는 생각에 초조해진 거였다.

무심한 아렌트의 목소리를 멍하니 듣기만 하던 라이오스가 간신히 입을 열었다.

"왜……."

말라비틀어진 목에서 갈라진 음성이 흘러나왔다.

"왜 네가 사과하는 거지? 사과해야 할 사람은 나다."

방패가 되어 주기는커녕, 신에게 기도하지도 않는 녀석을 제물로 바친 꼴이었다.

심지어는 한동안 얼빠진 모습을 보인 데다가, 기껏 찾

딱 한 번만 말합니다 〈15〉

아온 녀석을 피해 도망치는 추태까지 부렸다.

라이오스는 저도 모르게 주먹을 꽉 쥐었다.

"내가 멍청하게 굴지 않았다면 그런 일은 벌어지지 않았겠지. 지금 황궁에서의 사태도 마찬가지다. 전부 다 내 책임이야."

한 글자씩 심장에 새기듯, 라이오스가 천천히 내뱉었다.

"사죄는 내가 해야 한다. 하지만 그조차도 엄두가 나지 않아 지금껏 시간을 끌었지. 네 입에서 그런 말이 나오게 된 것도 내 잘못이다. 그러니까……."

"아, 거기까지 해요."

아렌트가 신경질적으로 말을 잘라 버렸다.

"구구절절 듣고 있으려니 짜증 나 죽겠네. 뭐 그렇게 말이 많아요? 좀 뻔뻔하게 살아 봐요, 나처럼."

귀찮다는 듯 손을 휘휘 내저은 아렌트가 팔짱을 끼고 삐딱하게 섰다.

"단장님이 사과하실 부분은 딱 두 개예요. 날 이 시간까지 기다리게 만든 것, 그리고 기껏 먼저 찾아왔더니 도망치셨던 것."

"……."

"개같은 이야기가 황궁에 퍼진 건, 뭐. 솔직히 멱살이라도 잡고 싶었지만, 어제 회의에서 사람들 입을 틀어막으셨다면서요? 그러니 특별히 봐드릴게요."

덧붙이는 말투가 꼭 선심이라도 쓰는 것 같았다.

멍하니 듣고 선 라이오스의 몸에서 점점 힘이 풀렸다.

꽉 쥐었던 주먹이 스륵, 풀렸다.

유난히 귀에 잘 들어오는 목소리가 또박또박 이어졌다.

"험한 꼴 당한 건 제 선택이었고, 그러니까 책임질 사람도 저예요. 단장님이 참견하실 부분이 아닙니다."

라이오스가 부채감을 가지는 것조차도 주제넘은 짓이라는 뜻이었다.

그야말로 아렌트다운, 지극히 오만한 말이었다.

"그러니까 그냥 고맙다는 걸로 퉁쳐요. 평생 빚으로 달아 두고 마음껏 뜯어먹을 테니까."

아렌트가 시큰둥하게 대꾸했다.

"그러니 한심한 짓 그만 하세요. 저 아직 안 죽었고, 앞으로도 오래 살 생각이거든요. 기껏 살아남았으니까."

새파랗게 어린 견습 기사의 말에 라이오스는 더욱 심란해지고 말았다.

"……정말 제멋대로군."

"이제 아셨습니까? 원래 이런 놈인 거 잘 아시잖아요."

어깨를 으쓱한 아렌트가 덧붙였다.

한참 동안 그를 아무 말 없이 바라보던 라이오스가 입을 열었다.

"하나 물어도 되나?"

다소 뜬금없는 한마디였다.

많은 말을 눌러 담은 것 같은 새파란 눈동자가 아렌트를 향했다.

"너도 알다시피, 나는 나약하다. 쉽게 흔들리고 때로는 객관적인 판단을 내리지 못할 때도 있다."

"……."

반사적으로 뭐라 말하려던 아렌트가 입을 다시 닫았다.

라이오스는 아렌트를 똑바로 바라보며 천천히 말을 이었다.

"그런데도 날 단장으로서, 성검의 주인으로서 신뢰할 수 있나?"

"……진짜 웃기는 질문이네."

짜증스레 대꾸하며 아렌트가 살짝 인상을 썼다.

"단장님 아니면 누가 그 흉악한 물건을 들어요? 단장님처럼 무식하게 강한 사람 아니면 아무도 감당 못 해요. 그리고……."

잠깐 뜸을 들이던 견습 기사가 쯧 혀를 차며 덧붙였다.

"단장님이 나약하다는 소린 아무도 못 합니다. 호구 같다면 또 모르지만."

라이오스의 눈이 조금 커졌다.

아렌트는 괜히 뒷목을 긁적이며 단장의 시선을 피했다.

"전 단 한 번도 단장님이 약하다고 생각해 본 적 없어요."

그 잘나 빠진 신의 뜻이 어떻든, 이 세상을 지켜 낼 영웅 역할에 어울리는 자는 세상에 딱 한 사람, 라이오스뿐이었다.

"……."

라이오스는 굳은 채로 한동안 아무런 말도 하지 못했다.

아렌트가 진심이라는 것은 라이오스가 그 누구보다도 잘 알고 있었다.

빈정거리거나 밉살맞은 말을 해 댈지언정, 빈말은 절대로 하지 않는 녀석이었으니까.

아렌트 역시 다른 말을 더 꺼내지는 않았다.

잠시 후. 라이오스가 천천히 입을 열었다.

"그렇군."

굳어 있던 얼굴이 풀리며, 단장의 입가에 옅은 미소가 드리웠다.

"아렌트."

"왜요."

평소보다도 까칠하게 대답하던 아렌트는 제 어깨에 놓인 무게감에 고개를 들었다.

어느새 한 걸음 다가온 라이오스가 그의 어깨에 손을 얹고 있었다.

"고맙다. 그리고 미안하다."

차분한 목소리가 들려왔다.

라이오스의 눈에 드리웠던 그림자는 어느새 한결 가신 뒤였다.

그 손을 쳐 낼까, 잠깐 고민했지만 아렌트는 이내 그만두었다.

대신 아렌트는 그를 뚱한 시선으로 올려다보며 요구했다.

"고맙고 미안하면 검이나 좀 돌려주시죠?"

"그건 안 된다."

방금까지 미소 짓고 있던 라이오스가 정색했다.

"앞으로 일주일은 더 쉬도록. 나도 네게 들을 이야기가 많다만, 다음에 하지. 오늘은 얼른 가서 눈이나 붙여라. 시간이 늦었다."

"……."

눈 깜짝할 새 변한 표정에 아렌트는 조금 떨떠름한 얼굴을 했다.

아무래도 감시당하는 신세는 당분간 벗어나지 못할 것 같다는 직감이 들었다.

* * *

라이오스가 준 일주일의 휴가 동안 아렌트는 끝도 없이 시달려야 했다.

눈물 콧물을 흘려 대며 달라붙는 시종들을 어떻게든 떨쳐 냈더니, 다음으로는 마정석 광산 연구실에 있어야 할 슈타들러 백작이 쳐들어왔다.

부담스러울 정도로 걱정 가득한 얼굴을 한 채 꼬치꼬치 캐물어 대는 백작을 뿌리치고 방으로 돌아왔더니 통신용 수정구가 요란하게 빛을 내며 그를 맞이했다.

르웰린이었다.

애써 무시하려 했지만 수정구는 몇 시간이고 번쩍대며 존재감을 뿜냈다.

결국 통신을 받았더니, 아니나 다를까 엄청난 잔소리가 쏟아지기 시작했다.

– 너는 도대체 왜 잠깐 눈만 뗐다 하면 대형 사고에 휘말려 있는 거야? 다른 사람한테 몸 사리라고 지껄이기 전에 네 목이나 잘 간수해, 이 자식아!

"……시끄러워 죽겠네, 진짜."

아렌트는 르웰린이 떠들어 대든 말든 대충 끊어 버리고 수정구를 옷장에 처박아 버렸다.

이쯤부터 슬슬 한계가 찾아오기 시작한 인내심은, 바쁘게 돌아가는 연합마저 버리고 들이닥친 아르크스를 본 순간 바닥을 드러내고 말았다.

"그래서 이쪽으로 도망치신 거군요."

대강의 사정을 들은 노이만이 어색한 미소를 지었다.

적당히 느슨하지만, 그래도 언제나 도도한 몸가짐을 잃

지 않던 아렌트였다.

하지만 오늘만큼은 진심으로 기력이 쭉 빠진 건지 손님용 소파에 거의 드러눕다시피 해서 늘어져 있었다.

"성가셔서 돌아 버리겠어요."

신경질적으로 과자를 으적대며 아렌트가 투덜거렸다.

노이만이 손수 준비해 준 간식거리를 입에 넣는 움직임에서조차도 짜증이 배어나오고 있었다.

"이럴 거면 차라리 일이라도 주던가. 졸졸 따라다니면서 서류 근처에는 얼씬도 못 하게 한다고요."

"허허, 사안이 사안인 만큼 어쩔 수 없는 일이지요. 저도 처음 소식을 들었을 때는 굉장히 놀랐으니까요."

손수 차를 한 잔 더 따라 주며 노이만이 사람 좋은 웃음을 지었다.

"그래도 그게 다 사랑받는다는 증거 아니겠습니까? 좋은 일이지요."

"……."

아렌트는 뚱한 표정을 지을 뿐, 아무런 대꾸도 하지 않았다.

그를 물끄러미 보던 노이만이 다시 입을 열었다.

"아서 경께서 해지기 전에 마중 온다고 하셨으니, 그때까지 편히 계셔도 됩니다."

"……네?"

멍하니 있던 아렌트가 얼떨떨하게 고개를 들었다.

그와 눈이 마주친 노이만이 미소 지었다.

"아렌트 경이 오시기 전, 황궁에서 연락을 받았습니다. 아렌트 경이 안 보이는데, 이쪽으로 올 것 같으니 어디 못 가게 해 달라고 하시더군요."

"……."

어째 데자뷔가 느껴지는 상황이었다.

과자를 한 손에 쥔 채 황망히 허공을 보는 아렌트에게 노이만이 덕담처럼 한마디를 건넸다.

"여전히 사이좋으시군요. 아주 보기 좋습니다."

"진짜 이 징글맞은 인간들 같으니."

질린 기색으로 중얼거린 아렌트는 손에 쥐고 있던 과자를 입 안에 털어 넣었다.

"정보상 쪽에는 뭐 재미있는 일 없어요?"

"여전하시군요. 딱히 별다른 일은 없습니다만, 성검의 선택을 받으신 라이오스 단장님과 아렌트 경에 관한 소문이 파다하지요. 그리고……."

노이만의 의미 있는 시선이 아렌트에게 닿았다.

"대기도실 신상 파손 사건도 제법 떠들썩했습니다."

그러나 아렌트는 어떤 표정 변화도 보이지 않았다.

아렌트는 과자를 하나 더 집어 들며 물었다.

"파손 사건은 어떻게 됐는데요? 전하께서 악신교 잔당의 짓이라 공표하셨는데."

"사람들 반응도 비슷합니다. 그저 불경을 저지른 악적

을 찾아내 처벌해야 한다는 의견이 대부분입니다만, 쉽지 않겠지요. 누구에게도 들키지 않고 침입해 신상을 참수할 정도면 엄청난 실력자임이 분명할 테니까요."

노이만 역시 더 파고들지 않고 아렌트가 원하는 답을 내주기만 했다.

"아마 곧 흐지부지될 겁니다. 대신관님께서는 이미 새 신상을 제작할 조각가를 찾고 계신다고 하시더군요. 지금은 범인을 잡는 것보다, 누가 새로운 신상을 조각할지에 대한 관심이 더욱 높아지고 있습니다."

"흐음."

새로운 조각 쪽으로 이목이 끌린 것은, 아마 루미엘 대신관이 의도한 결과인 듯했다.

루미엘 정도라면 범인이 누구인지 어렴풋이 짐작했을 가능성이 컸다.

루체를 향한 신앙에 평생을 바친 루미엘에게는 분명 불쾌할 수밖에 없는 사건이었다.

'두 번 다시 안 만나 주셔도 할 말 없는 일인데.'

하지만 그녀는 그냥 모르는 척 넘겨 주려는 모양이었다.

대단한 이해심이었다.

"아렌트 경께서는 그것보다는 상계 쪽 일에 좀 더 관심이 많으시겠지요?"

그를 물끄러미 보던 노이만이 자연스럽게 화두를 돌렸다.

잠깐 딴생각에 빠졌던 아렌트가 다시 고개를 돌렸다.

"뭐 변동 사항이라도 있어요?"

"아렌트 경의 명성이 높아지면서 노이만 상단과 칸 연합의 이름이 퍼지고 있습니다. 저도 예상치 못한 일이었습니다만, 엉겁결에 홍보 효과가 난 듯합니다. 그 말은 곧……."

"일이 어떻게 됐는지 소문이 이미 다 퍼졌다는 거네요."

아렌트가 질린 얼굴로 노이만의 말을 완성했다.

노이만이 고개를 간단히 끄덕여 주었다.

"그렇습니다. 그리고 아렌트 경께서 언짢아하실 소식이 하나 있는데, 들으시겠습니까?"

"뭔데요?"

"에크하르트 백작가에서 보낸 사람이 황궁 근처에……."

"거기까지. 안 들을래요."

"허허허."

말허리를 뚝 자르는 목소리에 노이만이 너털웃음을 터뜨렸다.

"알겠습니다. 알아서 정리하겠습니다. 단순히 부친께서……."

"저 아버지 없는데요."

"……백작님께서는 아렌트 경의 안부가 궁금하실 뿐인 것 같으니까요."

잠깐 뜸을 들이던 노이만이 호칭을 바꿨다.

"정보원들을 움직여 계속 주시 중입니다만, 별다른 문제는 없을 듯합니다. 적당히 지켜보다가 잘 타일러서 돌려보내겠습니다."

"타이르는 것보다 두들겨 패는 게 더 빠르지 않을까요?"

"조속히 정리하겠습니다. 이러다가 아렌트 경께서 직접 패러 가실까 봐 조금 무섭군요."

상단주가 잽싸게 그리 말하자 아렌트의 눈에 아쉽다는 기색이 스쳤다.

"그건 그렇고. 다른 상단들 이야기나 좀 더 해 주세요. 노이만 상단 쪽으로 접촉해 온 사람들이 있는 거죠?"

"네. 전쟁이 본격화되고 있으니, 그 전에 황실과 전선에 물자를 공급할 수 있는 연결 고리를 만들어 두려는 겁니다. 게다가 저와 친분이 있는 아렌트 경께서 다시 한번 유명세를 타셨으니, 그 영향 또한 없다고는 못하겠지요."

노이만 상단은 황실에 다양한 물건을 대고 있었다.

그러니 그를 통하면 황실에 줄을 댈 수 있을 거라 여기는 것이다.

노이만이 진지하게 덧붙였다.

"전쟁은 물자 싸움이기도 하니, 저 역시 거절하지 않고 적당히 관리하고 있습니다. 아군은 많으면 많을수록 좋을 테니까요. 혹여 적이 섞여 있을지 모르니 조사는 철저히 하고 있습니다."

"그건 좋은 일이지만……."

아렌트가 살짝 인상을 찌푸렸다.

"대충 제 평판이 어떻게 돌아가고 있는데요?"

"이미 황궁에서도 체감하고 계시지 않습니까?"

어리둥절한 얼굴로 노이만이 묻자 아렌트가 짜증스레 툴툴거렸다.

"선배들이랑 단장님이 방해해서 제대로 조사도 못 하고 있어요."

라이오스와 3기사단의 서슬 퍼런 기세에 귀족들은 아렌트에게 말을 붙일 엄두도 못 내고 있었다.

처음에는 편하다고 생각했지만 꼼짝도 못 하게 된 것은 아렌트 역시 마찬가지였다.

아렌트가 조금만 뭔가 해 보려 하면 기사들이 거품을 물고 날뛰어 댔으니까.

살다 살다 이런 취급을 받게 될 거라고는 꿈에도 몰랐던 그였다.

노이만이 알 만하다는 듯 너털웃음을 터뜨렸다.

"허허, 그렇군요. 음, 이해하시기 쉽게 한 가지 예시를 들어 드릴까요?"

"예시요?"

"네, 아렌트 경께서 아직 병상에 계실 때의 일입니다만…… 독실한 귀족 한 분이 루체 신전을 새로 지으시려

한다며 제게 연락이 왔습니다."

건축에 필요한 자재를 구하기 위함이었다.

벌써부터 밀려오는 불길한 예감에 아렌트의 미간이 구겨졌다.

"그런데요?"

"성검이 깨어난 것을 기념해서 영지에 신전을 건축하고 싶다는 이야기였는데, 거두절미하고 말씀드리자면."

아렌트를 보는 노이만의 눈에 약간의 애잔함이 깃들었다.

"아렌트 경을 위한 기도실을 짓고 싶으시다고."

"풉, 콜록, 콜록! 콜록!"

입에 넣었던 과자가 고스란히 밖으로 튀어나왔다.

"아이고, 괜찮으십니까?"

제대로 사레가 들려 얼굴이 새빨개질 정도로 연거푸 기침을 토하는 그에게 노이만이 급하게 차를 건넸다.

가슴을 쾅쾅 치며 차를 들이켜고 나서야 아렌트는 다시 고개를 들 수 있었다.

"콜록, 콜록, 잠깐만, 뭐라고요? 뭐를 짓는다고?"

잔뜩 메인 목소리로 아렌트가 믿지 못하겠다는 듯 되물었다.

노이만은 유감스럽다는 얼굴로 다시 답을 내주었다.

"들으신 대로입니다. 루체 님의 신상 앞에 라이오스 단장의 조각을 놓고, 그 옆에 아렌트 경을 위한 기도실을 작게 만들겠다고 하시더군요."

"이런 미친……."

황망하게 중얼거리는 견습 기사의 시선이 허공을 향했다.

노이만은 그를 측은하게 보며 품에서 손수건을 꺼내 주었다.

"이거 쓰시지요. 다행히도 대신전에서 허가를 내려 주지 않아 무산되었다고는 합니다만, 대충 그 정도입니다."

아렌트는 손수건을 받아 들어 얼굴을 닦으며 다시 물었다.

"아무도 그걸 이상하게 생각하지 않았다는 거예요?"

"네, 그런 모양이더군요. 오히려 다들 어째서 허가가 나지 않는지 의아해하시는 분위기였습니다."

"진짜 미치겠네."

다시 말끔해진 아렌트가 손수건을 던지듯 테이블 위에 내려놓았다.

노이만이 그에게 조심스럽게 물었다.

"어떻게 하시겠습니까? 솔직히 저는 판단이 잘 서지 않습니다. 상인으로서는 이득을 본 것도 사실이지만, 아렌트 경의 신상에는 좋을 것이 없어 보여 염려스럽습니다."

평소 아렌트는 온갖 기상천외한 방식으로 시선을 끌어모아 이용하는 데 능숙했다.

하지만 적어도 이번만큼은 아렌트가 의도치 않은 일이

었으니, 함부로 움직였다가 어떤 결과가 나올지 예측하는 것도 힘들었다.

아렌트 역시 같은 생각이었다.

"짜증 나는 것과는 별개로, 썩 좋은 상황은 아니네요."

라이오스가 윽박지른다고 해서 해결될 문제가 아니었다.

황궁 안에서야 다들 성검의 영웅이 두려워서 입을 다물고 있다고 하지만, 바깥 여론까지 어찌할 수는 없는 노릇이었다.

"그리 생각하시는 까닭은요?"

"앞으로의 행동에 제약이 걸리잖아요. 사고뭉치 망나니 견습 기사야 무슨 짓을 하든 그러려니 하겠지만……."

무려 신의 은총을 받은 자에, 영웅의 은인이라는 거창한 별명이 붙어 버린 이상 앞으로는 무슨 짓을 하든 참견이 들어올 것이다.

그런 건 아렌트 폰 에크하르트에게 어울리는 역할이 아니었다.

애초에 조연 주제에 주인공만큼 스포트라이트를 받는 것도 말이 안 되는 일이었다.

라이오스가 제 역할을 해내는 동안, 아렌트는 그림자 속에서 해야 할 일이 많았다.

"……무슨 수를 내야겠는데."

황금색 눈동자가 반짝이는 것을 본 노이만이 짧게 탄식

을 터뜨렸다.

"이런."

저건 아렌트가 뭔가를 꾸미기 시작할 때의 눈빛이었다.

하지만 굳이 말릴 생각은 없었다.

'지금까지 조용하셨던 게 기적이지.'

잔뜩 날 세운 기사들이야 속이 좀 쓰리겠지만, 저 성질머리를 언제까지고 싸고돌 수도 없는 노릇이고.

무엇보다 아렌트는 어느 정도 사고를 치고 다니는 편이 더 좋았다.

"필요한 게 있으시다면 얼마든지 말씀하시지요. 늘 그랬듯 성의껏 돕겠습니다."

"흠……."

아렌트는 아예 다리를 꼬고서 자세를 고쳐 앉았다.

본격적으로 머리를 굴리기 시작한 것이다.

이목이 끌린 지금, 쳐다보지 말라며 발악하는 건 의미가 없었다.

라이오스라는 주인공에게 시선을 끌어 둔 뒤, 그를 무대 한가운데에 남겨 두고서 자연스럽게 퇴장해야만 했다.

그래야 무대 뒤에서 수작질을 부리든 꿍꿍이를 꾸미든 할 수 있을 테니까.

'그렇다면…….'

잠시 후. 아렌트의 입가에 슬쩍 미소가 드리웠다.
"그렇다면 잘됐네요. 상단주님께서 도와주실 일이 있어요."

* * *

가만히 듣던 칸타레스가 제 귀를 의심하며 재차 물었다.
"……승전 기념회를 하자고?"
"넵."
아렌트가 담백하게 고개를 끄덕였다.
칸타레스는 조금 머리가 아파지려고 했다.
그렇지 않아도 업무에 치여서 다 죽어 가던 판이었는데, 불쑥 찾아온 아렌트가 다짜고짜 이런 말을 꺼낸 것이다.
"다른 할 말이 너무 많지만 일단, 야. 너 아직 복귀 일도 아니잖아. 도대체 어딜 그렇게 졸졸 쏘다니다가 다짜고짜 쳐들어와선 이런 소릴 해?"
"지금 그게 중요해요?"
황태자의 앞에서 다리까지 느긋하게 꼬며 아렌트가 삐딱하게 대꾸했다.
"오히려 지금까지 얌전히 있어 줬던 게 기적이라고는 생각 안 해요?"

"진짜 이 뻔뻔한 자식을 어쩌면 좋지?"

칸타레스가 황망하게 중얼거렸다.

황태자와 견습 기사 앞에 찻잔을 내려놓은 제레온이 조심스럽게 참견했다.

"그…… 적절한 시기이긴 합니다. 에버란 왕국과 대신전에서 승리를 거뒀고, 라이오스 단장께서는 성검의 선택을 받으셨으니까요."

"하아…… 그렇긴 한데."

칸타레스는 관자놀이를 꾹꾹 눌렀다.

제레온의 말대로 시기가 적당하기는 했다.

엉망진창이 되었던 대신전도 얼추 수습이 되어 가는 중이고, 전투 중 전사한 이들의 사후 절차도 모두 정리되었다.

다이아나 단장과 켄드릭 단장 역시 뒷정리를 각 왕실에 맡긴 후 복귀 중이니, 다음 주 내로 도착할 듯했다.

그들과 함께 나섰던 엘프들도 마찬가지였다.

'엘프들이 제국에 합류했을 때도 제대로 된 환영회를 열지 못했지.'

그들에 대한 예우 차원에서라도 슬슬 행사를 준비하는 게 맞긴 했다.

악신교와 대대적으로 벌인 첫 번째 전투에서 승리를 거둔 기념 삼아, 제국 내에서 연회를 베푸는 것쯤이야 어려운 일도 아니었다.

과자를 하나 집어 든 아렌트가 느긋하게 말을 이었다.
"슬슬 분위기를 정리해야겠다, 싶어서요. 전하께서도 동의하시잖아요. 지금 황궁은 지나치게 어수선하니까요."
"그건 맞는 말이다만."
슬쩍 시선을 든 칸타레스가 아렌트를 향해 떨떠름히 물었다.
"너 이 새끼, 또 무슨 꿍꿍이야?"
"말씀을 왜 그렇게 해요? 누가 들으면 매번 음모만 꾸미는 사람인 줄 알겠네."
"그럼 아무 꿍꿍이도 없다고?"
"없겠어요?"
"……."
정말 가공할 만한 뻔뻔함이었다.
칸타레스는 황망한 눈으로 허공을 올려다보았다.
그러거나 말거나 아렌트는 제 할 말만 이어 갈 뿐이었다.
"좋은 술에 좋은 음식을 마련해 놓고 귀빈들을 초청하는 거예요. 멋진 볼거리가 있으니 구경하러 오시라고."
"좋은 술이랑 음식은 그렇다 치고, 볼거리는 또 뭔데?"
칸타레스가 눈썹을 살짝 휘며 묻는 말에 아렌트가 툭 내뱉었다.
"뭘 당연한 걸 물어요? 제국제일검, 성검의 선택을 받은 영웅이죠."

"……."

제레온과 칸타레스가 동시에 입을 다물었다.

아렌트는 지금 라이오스를 황궁에 전시해 둔 드래곤 유해 비슷하게 취급하겠다 말하고 있었다.

관자놀이를 꾹꾹 누르던 칸타레스가 한참 뒤에 다시 입을 열었다.

"야. 혹시나 해서 묻는 거다만, 이거 라이오스 단장이랑은 상의한 거냐?"

"아뇨. 지금 전하께 처음 말씀드리는 건데요. 굳이 상의까지 할 필요가 있어요?"

단장을 상대로 견습 기사의 입에서 절대로 나와서는 안 될 말이 흘러나왔다.

이쯤 되면 슬슬 라이오스가 불쌍해질 지경이었다.

제레온이 어색한 웃음을 흘렸다.

"거절은…… 안 하시겠네요. 지금 같은 상황에서는 별로 달가워하시지는 않겠지만."

"그렇겠지."

칸타레스 역시 떨떠름하게 동의했다.

지금 아렌트의 제안을 거절하는 라이오스란 상상이 가지 않았다.

무려 생명의 은인이라는 좋은 핑계를 얻은 아렌트가 라이오스를 그냥 가만히 내버려 둘 리도 없었고.

제레온이 아련하게 중얼거렸다.

"라이오스 단장님도 참 고생이······."

예전에도 아렌트를 감당하느라 힘들었겠지만, 어쩐지 앞으로 그 고생길이 더 심해질 것 같다는 생각이 들었다.

제3기사단의 단장에게 심심한 위로를 보내며 칸타레스가 입을 열었다.

"네 말이 틀리진 않았어. 사람들을 다독이고 상황 공유도 할 겸, 한 번쯤은 필요한 자리긴 해. 하지만······."

잠깐 뜸을 들이던 황태자가 지적했다.

"네가 말한 그 구경거리에 너도 포함될 텐데?"

"글쎄요, 어쩌려나."

하지만 아렌트의 반응은 시큰둥했다.

뜻밖의 대답에 칸타레스가 살짝 미간을 찌푸렸다.

"설마 네가 진짜 몰라서 그렇게 말하는 건 아니겠지. 지금 라이오스 단장만큼이나 관심을 많이 받는 게 너라고."

아직까지 성검을 화제로 올리지 않은 이유가 바로 그거였다.

라이오스와 성검이 칭송받을수록 아렌트의 이름 역시 루체 신의 은총과 함께 사람들의 입에 오르내릴 터였다.

제레온 역시 회의적인 말을 내어놓았다.

"연회장에 모습을 보이지 않으시는 것도 방법이겠지만······ 그건 그것대로 괜한 호기심만 모일 거예요. 아렌트 경의 입장상, 계속 칩거하실 수도 없는 노릇이고."

그는 지금까지 악신교와의 싸움에 깊이 관여해 왔고, 앞으로도 그럴 것이다.

칸타레스가 아렌트에게 은근한 시선을 보냈다.

"후방으로 물러설 생각은 없지?"

"그럴 리가요."

단박에 돌아온 대답에 칸타레스가 힘 빠진 웃음을 터뜨렸다.

"험한 꼴을 당해서 혹시나 싶었는데, 역시나군. 연회를 제안하는 것도 앞으로를 위해서라는 건가?"

"단장님이랑 제 이름이 나란히 놓인 게 마음에 안 들어요."

아렌트가 과자를 하나 집어 들며 눈썹을 살짝 휘었다.

"정확히는 단장님이 받아야 할 관심까지 저한테 온 게 불만입니다. 빡치는 것도 빡치는 거지만, 제 활동에 제약이 걸릴 게 짜증 나요."

무대 위에서 주목받는 건 주인공이어야만 했다.

나설 타이밍도 아닌 조연에 시선이 몰리는 건 그야말로 무대 사고였다.

주인공이 멋들어진 대사를 읊고 제 역할을 수행하는 동안, 조연은 잽싸게 무대 뒤로 들어가 다음 장면을 준비해야 했다.

그것을 위해서라도 주인공은 스포트라이트 아래에서

최대한 존재감을 드러내고, 조연은 숨죽여 그림자 속으로 섞여 들어야만 했다.

아렌트가 담백하게 덧붙였다.

"자구책(自救策)이죠, 한편으로는. 쉽게 말해서 단장을 방패로 삼겠다는 말이에요."

"……거기까지는 이해했어. 하지만 뭘 어떻게 하겠단 건진 아직 잘 모르겠는데."

아렌트가 아예 잠적하는 건 무리가 있었다.

그렇다고 해명하기 위해 사람들 앞에 나서는 순간 운이 좋아야 현상 유지 정도거나, 상황이 더욱 나빠지는 길뿐이었다.

라이오스의 이름이 드높아질수록 아렌트는 결국 신이 기적을 보여 준 증거로서 관심을 받을 수밖에 없는 상황이었다.

잠깐 뜸을 들이던 칸타레스가 솔직하게 말했다.

"대놓고 말해서, 내 눈에는 진퇴양난으로 보인다만. 네가 순순히 감투를 쓰는 것 말고는 방법이 생각이 안 나. 솔직히 그리 나쁜 일만은 아니지. 네 목소리에 좀 더 힘이 실릴 테니까."

"전하."

아렌트가 짧게 부르는 소리에 칸타레스가 입을 다물었다.

늘 그랬듯 무심하게 이쪽을 보던 견습 기사의 입가에

씨익, 미소가 드리웠다.
"저 누군지 몰라요?"
"……."
등에 오소소 소름이 끼쳤다.
제레온 역시 마찬가지인 듯했다.
뻣뻣하게 굳어 버린 보좌관의 옷소매를 잡으며 칸타레스가 중얼거렸다.
"젠, 나 명치가 좀 아픈데. 소화제 있나?"
"저도 그렇습니다, 전하. 바로 준비하겠습니다."
벌써부터 대형 사고의 냄새가 풀풀 풍겼다.

* * *

이틀 뒤.
황태자가 승전 기념 연회를 베푼다는 소식이 황궁에 파다하게 퍼졌다.
갑작스러운 연회를 준비하느라 황궁이 순식간에 떠들썩해졌다.
대신전이 습격당하고 각 왕국 국경에서 교전이 일어난 지 수 일 만에 드디어 황태자가 공식적으로 승전보를 알린 것이다.
연회 준비도 순조롭게 이어졌다.
동맹국에 승전 소식을 알리는 성명문이 황제의 이름으

로 발송되고 귀족들에게 초대장이 날아들었다.

고급 장식품과 식재를 들이느라 상인들도 활발히 드나들기 시작하는 등, 황궁은 귀빈들을 모실 대비를 하느라 바빠졌다.

그럼에도 여전히 사람의 발길이 뜸한 곳이 있었다.

바로 황자궁과 황태자 전용 연무장이었다.

모든 소란으로부터 격리된 연무장에서, 아렌트는 드디어 검과 서리 어린 손길을 돌려받을 수 있었다.

"단장님도 진짜 끈질겨요. 괜찮다고 몇 번이나 말했는데 기어코 일주일을 꼬박 채우십니까?"

검을 돌려받은 아렌트가 가볍게 몸을 풀며 투덜거리자, 라이오스가 곧장 퉁바리를 주었다.

"너한테 들을 말은 아니다. 회복한 지 얼마 되지도 않았는데, 벌써부터 검을 쥔다는 건 말도 안 되는 일이다만."

"단장, 너도 과보호하는 경향이 있다. 아니면 드래곤의 마법을 믿을 수 없다는 건가?"

몇 걸음 떨어진 곳에서 지켜보던 렉시온이 한심하다는 듯 말했다.

"그건 결코 아닙니다."

"그럼 그냥 내버려 둬. 저놈 몸 상태는 내가 보장하지. 당장 날아다녀도 괜찮을 정도니까."

라이오스의 대답에 렉시온이 손을 휘휘 내저었다.

하지만 아렌트를 향한 시선에 어린 염려는 떠날 줄을 몰랐다.

"휴가를 더 달라는 건 반가운 말이다만, 뚜렷한 이유라도 있나?"

"연회 때문에 당분간 떠들썩할 텐데 성가신 일에 휘말리고 싶지는 않아서요."

"그게 문제다."

아렌트가 순순히 답을 내놓았지만 라이오스는 믿지 못하는 눈치였다.

"성가신 일에 휘말리고 싶지 않다니. 없던 사고도 만들어 내는 네가 할 소리는 아닌 것 같다만."

"칭찬 감사합니다."

"칭찬 아니다."

라이오스가 침착하게 지적했다.

그러거나 말거나, 아렌트는 서리 어린 손길을 착용하며 시큰둥하게 말할 뿐이었다.

"이번에는 진짜 얌전히 있을 겁니다. 그럴 이유가 좀 생겼거든요."

"황궁의 소문 때문에?"

"그렇죠, 뭐. 당분간 표면적으로는 조용히 지내려고요."

표면적이라는 단어가 조금 거슬렸지만, 라이오스는 일단 납득하기로 했다.

더 파고들었다가는 복장만 터질 것 같다는 직감이 든

탓이었다.

"그러니까 단장님은 어깨에 힘주고 진지한 얼굴로 평소처럼 황궁을 활보하시면 됩니다. 지금은 신경 끄는 게 도와주시는 겁니다."

"……일단은 알겠다."

여전히 찜찜한 얼굴을 하면서도 라이오스는 고개를 끄덕였다.

대련 준비를 끝낸 아렌트가 검을 다잡았다.

라이오스 역시 검을 잡고 적당히 상대해 줄 준비를 마쳤다.

본격적으로 몸을 움직이기 전, 아렌트가 문득 물었다.

"혹시 해서 여쭤보는 건데, 그거 성검은 아니죠?"

"그럴 리가. 성검은 따로 보관해 뒀다. 이건 새로 지급받은 검이고."

"굳이요?"

아렌트가 자세를 잡으며 눈썹을 휘자 라이오스가 담담하게 답했다.

"힘 조절이 잘 안 되어서. 자칫 연무장까지 날려 버릴지도 모른다."

"……그럴 만도 하네요."

질린 표정을 지은 아렌트가 자연스럽게 자세를 잡았다.

그들을 물끄러미 바라보던 렉시온이 입을 열었다.

"애송이. 자리에서 일어난 뒤로 마력을 운용한 적 있

나?"

다소 뜬금없는 질문이었다.

"아뇨. 검도 아티팩트도 없는데 그럴 일이 있어야죠."

"잘됐군."

그렇게 말하는 렉시온의 입가에 묘한 미소가 걸렸다.

워낙 잘생긴 얼굴이니 보기는 좋았지만, 어쩐지 보는 사람을 찜찜하게 만드는 얼굴이었다.

"그렇다면 지금 한번 시험해 보는 것도 나쁘지 않지."

"뭐야. 어쩐지 몸이 가볍더라니, 나한테 뭐 수작이라도 부렸어요?"

검을 아래로 늘어뜨리며 아렌트가 떨떠름하게 물었다.

"애초에 렉시온 님이 왜 여기에 계시는 건데요?"

검을 돌려받을 겸 간만에 몸이라도 풀기 위해 라이오스와 함께 연무장에 왔을 뿐인데, 저 드래곤이 갑자기 불쑥 나타난 것이다.

렉시온이 삐딱하게 물었다.

"불만이라도? 다 죽어 가는 걸 살려 놨는데, 경과를 보는 것쯤은 당연한 일 아닌가?"

"딱히 불만이 있는 건 아닙니다만."

찜찜함을 애써 무시하며 아렌트는 마력을 운용했다.

서리 어린 손길이 곧장 반응하며 검을 새하얗게 얼렸다.

"⋯⋯?"

거기에서 아렌트는 약간의 위화감을 느꼈다.

하지만 몸은 이미 습관처럼 한 발짝 라이오스를 향해 다가가며 검을 앞으로 내지르고 있었다.

방어하기 위해 검을 치켜든 라이오스의 표정이 당혹감으로 물들었다.

"어?"

아렌트의 입에서도 얼빠진 소리가 튀어나온 순간.

콰아아앙!

두 사람의 검이 정면으로 충돌했다.

공기가 뒤흔들리고 새하얀 서리가 한바탕 몰아치며 시야를 가렸다.

잠시 후. 냉기가 천천히 가라앉은 뒤에야 아렌트는 눈앞에 펼쳐진 광경을 확인할 수 있었다.

라이오스와 아렌트가 선 자리를 중심으로 광범위하게 흰 서리가 얼어붙어 있었다.

그나마 지면의 흔적이 남은 곳은 라이오스가 두 발로 버티고 선 곳뿐이었다.

"……."

얼어붙은 땅에서 스산한 냉기가 피어올랐다.

라이오스와 아렌트는 동시에 할 말을 잃어버리고 말았다.

이전에는 상상도 하지 못한 위력이었다.

얼이 빠진 채 멀뚱히 선 두 사람을 지켜보던 렉시온이 씨익 뿌듯한 미소를 지었다.

2장. 재미있는 일이라고 했지?

〈46〉 배신 기사의 유쾌한 신의 13

재미있는 일이라고 했지?

"……."
"……."
아렌트와 라이오스의 시선이 동시에 렉시온 쪽으로 돌아갔다.
뭔데, 이거. 라는 의미를 듬뿍 담은 눈길을 받게 된 렉시온이 의기양양하게 웃었다.
"드래곤과 약속을 나눈 자라면 이 정도는 되어야지. 어디 가서 객사하면 내 손해니까."
"아니, 뭘 뿌듯하게 웃고 있어요? 내 몸에 무슨 짓을 한 거예요? 그냥 치료만 한 거 아니었어요?"
검을 거둔 아렌트가 황당하게 물었다.
때아닌 눈꽃이 피어난 모습은 장관이라고 말할 수도 있

겠으나, 지금 그런 것을 따질 때가 아니었다.

 심지어 서리 어린 손길을 운용할 때마다 느껴지던 피로감도 덜했다.

 "이전부터 그릇이 커질 조짐이 슬슬 보이기에, 그 시기를 좀 앞당겼을 뿐이다."

 렉시온이 느긋하게 대답했다.

 멍하니 선 라이오스가 아득하게 중얼거렸다.

 "그게 무슨……."

 "몇 년 치 수련을 생략한 셈이지. 감사하게 여기도록. 아니었으면 그 몇 년도 못 채우고 죽었을지도 모를 일이니까."

 "어쩐지 몸이 지나치게 가볍더라니……."

 어처구니없이 읊조리던 아렌트가 문득 인상을 찌푸렸다.

 "죽는다고요?"

 "그래, 자꾸 주제넘게 아티팩트를 남발해 대니까. 지금까지도 몇 번 간당간당했지 않았던가?"

 정확한 지적이었다.

 지금까지 몇 차례 목숨이 위태로워졌던 건 마력을 과하게 소모했던 탓이 컸다.

 "옛 마법사들은 일부러 그런 식으로 그릇을 넓히는 수련을 했다. 내상을 입기 직전까지 마력을 운용했다가 다시 채우는 걸 반복하면, 평범하게 수련하는 것보다 마력이 더 빠르게 축적되니까."

 렉시온이 검지를 세워 아렌트를 가리켰다.

 "근데 네가 서리 어린 손길을 사용하면서 그거랑 비슷한 짓거리를 해 댄 거다. 게다가 마정석까지 활용하면서 분에 넘치는 마력을 펑펑 써 댔고."

 아렌트가 떨떠름한 눈으로 렉시온을 마주 보았다.

 미처 부정할 수가 없었다.

 "넌 마력을 담는 그릇을 천천히 넓히는 게 아니라, 아주 깨 버릴 기세로 두들겨 패고 있었던 거다."

 "……."

 "타고나길 튼튼한 걸 다행으로 여겨. 그 수련법이 왜 없어졌는지 아나? 그러다 뒈지는 놈이 속출했거든. 지켜보고 있자니 웃음도 안 나더군."

 한마디 잔소리를 얹은 렉시온이 다시 말을 이었다.

 "너와 같이 다니는 두 녀석도 슬슬 성장의 조짐이 보이던데. 애송이 넌 그전에 죽어 버릴 것 같아서, 치료하는 김에 손을 좀 쓴 거다. 마침 딱 좋게 박살 나 있었으니 마력을 확장하기에는 좋은 조건이었지."

 렉시온은 엉망진창이 된 아렌트의 몸에 치료 마법과 함께 대량의 마력을 부여했다.

 며칠간 죽은 듯 잠만 자게 된 것도 그 때문이었다.

 강제로 투입된 마력을 체내에 순환시키며 축적하는 데에 모든 힘을 쏟아붓고 있었으니, 의식을 유지하는 것이 불가능했던 것이다.

"어쨌든 이제 마력이 부족해서 생기는 문제는 없을 거다. 나도 오랜만에 해 보는 거라 좀 긴가민가했다만, 보아하니 잘 자리 잡은 것 같군."

아렌트가 꺼림칙하게 중얼거렸다.

"진짜 미친…… 왜 사람 몸으로 실험을 하고 그래요?"

"감사 인사는 어디다 내버리고 욕부터 지껄이는지 모르겠군. 딱히 기대도 안 했다만."

언짢게 응수하는 렉시온을 향해 가만히 있던 라이오스가 질문했다.

"그렇다면 부작용은 없는 겁니까? 말씀대로라면 아렌트가 아직 신체적으로 전부 감당하기 힘든 마력을 보유하게 된 것 같습니다만."

"솔직히 영 없을 거라고는 말 못 하겠다만, 그래도 죽는 것보다야 낫겠지. 감당 못 할 정도로 마력을 운용하는 게 아니라면 괜찮을 거다."

산뜻하게 대답한 렉시온이 덧붙였다.

"그래도 멍청한 짓은 삼가는 게 좋아. 아무렇지도 않게 돌아다니고 있다만, 숨이 끊어졌다가 살아난 건 절대 가벼운 일이 아니다."

아렌트를 향한 경고였다.

파충류의 것과 닮은 붉은 눈동자가 아렌트를 똑바로 담아냈다.

"그게 마냥 자비로운 은총이 아니라는 건, 이미 애송이 네가 잘 알 테고."

멍하니 있던 라이오스가 퍼뜩 정신을 차렸다.

"……잠깐, 그건 무슨 말씀이십니까?"

"글쎄, 무슨 뜻일까."

그가 캐물었지만 렉시온은 시원하게 대답해 주지 않았다.

"모든 일에는 대가가 필요하단 거지. 그리고 자신의 직감을 무시하지 말도록, 단장. 끊임없이 경계해."

지나가는 말처럼 가벼운 어조에 뼈가 들어 있었다.

라이오스가 설핏 얼굴을 굳히려는 찰나, 렉시온이 화제를 돌렸다.

"지금 중요한 건 그게 아닌 것 같긴 하다만."

"뭐가 또 있어요?"

아렌트가 얼굴을 구기자 렉시온이 느긋하게 대답했다.

"아직 자각하지 못하는 것 같다만, 너 지금 제법 재밌는 상태가 됐거든."

마치 놀리는 것 같은 어조에 아렌트는 기분이 살짝 나빠졌다.

"그건 또 무슨 말이에요?"

"모르겠나? 루체 신의 은총에 대신관의 신성력, 그리고 드래곤의 마력까지 받아들였는데 이전과 같을 수는 없지. 게다가……."

잠깐 뜸을 들이며 렉시온이 아렌트를 유심히 보았다.

어쩐지 뜯어보는 것 같은 시선에 불쾌해진 아렌트가 삐딱하게 물었다.

"왜 그렇게 봐요?"

"뭐, 내가 굳이 말하지 않아도 조만간 알게 되겠지."

하지만 렉시온은 제대로 대답해 주는 대신 말을 돌려 버렸다.

"어디 문제라도 있는 겁니까?"

불안해진 라이오스가 캐물었지만 렉시온은 슬쩍 얄미운 미소를 지을 뿐이었다.

"아니, 네가 걱정할 만한 문제는 아니니까 안심해. 방금 말했을 텐데? 재미있는 일이라고."

"그러니까 그 재미가 무슨……."

아렌트가 짜증을 담아 대꾸하려던 순간, 똑똑.

누군가가 연무장 문을 두드렸다.

자연스럽게 대화가 끊어졌다.

잠시 후, 문이 조심스럽게 열리고 불청객이 모습을 드러냈다.

"훈련 중에 방해해서 죄송합니다, 라이오스 단장. 잠깐 괜찮으십니까?"

자카르였다.

그 옆에는 세일럼 역시 고개를 쏙 내밀고 있었다.

라이오스와 아렌트는 시선을 주고받고는 검을 집어넣

었다.

"괜찮습니다. 갑자기 어쩐 일이십니까?"

"급하게 논의할 일이 생겨서 실례를 무릅썼습니다. 마침 아렌트 경과 렉시온 님도 함께 계셨군요."

라이오스의 물음에 자카르가 딱딱하게 굳은 얼굴로 대답했다.

세일럼도 얼른 렉시온을 향해 고개를 숙였다.

"오, 오랜만에 뵙습니다, 렉시온 님. 그리고 아렌트 경."

아무래도 두 엘프들은 드래곤이 함께 있다는 게 영 익숙해지지 않는 모양이었다.

어지간해서는 불쑥 찾아오는 일이 없는 자카르의 방문에 라이오스가 살며시 표정을 굳혔다.

"뭔가 문제라도 발생했습니까?"

"문제라고 하기에는 다소 미묘합니다만……."

자카르가 애매한 답을 내어놓으며 세일럼과 함께 성큼성큼 다가왔다.

"꼭 보고드려야 할 안건이 생겼습니다."

"……."

두 엘프가 가까이 다가올수록 아렌트의 표정이 미묘해지기 시작했다.

그것을 알아본 렉시온이 입가에 재미있어 죽겠다는 미소를 드리웠다.

미처 그것을 알아차리지 못한 자카르는 우선 아렌트의 앞에 섰다.

"아렌트 경, 쾌차해서 다행이군."

"예에, 뭐."

아렌트가 개운치 않은 얼굴로 고개를 끄덕였다.

그러자 세일럼이 걱정스럽게 눈썹을 휘었다.

"아렌트 경, 어디 불편하신 곳이라도 있으십니까? 안색이 안 좋습니다만."

"너는 그렇게 놀림받고도 걱정할 생각이 드냐?"

다른 것은 차치해 두고, 일단 아렌트는 그것부터 지적했다.

그러자 세일럼의 얼굴이 벌게졌다.

"그건 그거고, 이건 이거죠! 사람이 죽다 살아났는데 걱정 안 할 사람이 어디에 있어요?"

"그렇게 물러 터져서 어떻게 이 험한 세상을 살아가려고."

"아렌트 경의 감각이 이상한 겁니다! 제가 아렌트 경처럼 피도 눈물도 없는 사람인 줄 아십니까?"

세일럼이 언성을 높였지만 아렌트는 보란 듯이 한쪽 귀를 틀어막아 버렸다.

"어린애들은 왜 이렇게 시끄러운지 몰라."

"아렌트 경!"

꽥 고함을 지르는 세일럼을 보다 못한 자카르가 끼어들

었다.

"그만 놀리지, 아렌트 경. 세일럼 님도 그만하십시오. 반응이 격할수록 더 신나서 놀려 댈 겁니다."

"저 못된……!"

세일럼은 잔뜩 독이 오른 채로 아렌트를 노려보았다.

그러나 아렌트는 뭐 어쩌라고, 하는 눈으로 세일럼을 시큰둥하게 마주 볼 뿐이었다.

잠깐의 뜸 뒤, 갑자기 세일럼이 갑자기 인상을 찌푸렸다.

"잠깐. 그러고 보니 어째 기척이 조금 변하신 것도 같은데…… 마력 흐름도 좀 달라지셨고."

세일럼은 엘프들 중에서도 유난히 감각이 예민했다.

그 덕에 라이오스도 지금까지 눈치채지 못한 것을 바로 감지해 낸 모양이었다.

한동안 아렌트를 가만히 지켜보던 자카르 역시 고개를 끄덕였다.

"확실히 그렇군. 평범한 인간의 기척이라기에는 다소 애매한 부분이 생겼는데."

"그렇게 쳐다봐도 잘생겼다는 건 변함이 없습니다만."

"……."

그 뻔뻔한 발언에 두 엘프는 슬그머니 시선을 돌려 버렸다.

소모적인 대화가 끊어진 틈을 타 아렌트가 화제를 가로

챘다.

"그나저나 보고하셔야 할 일이 뭔데요? 아니, 그 전에……."

아렌트는 찜찜함을 가득 담고서 자카르의 어깨 조금 위쪽을 응시했다.

"그 새…… 비슷하게 생긴 건 또 뭔데요? 뭘 달고 오신 거예요?"

"예?"

"뭐라고?"

순간 세일럼과 자카르가 동시에 얼빠진 소리를 냈다.

라이오스 역시 크게 뜬 눈을 의아하게 깜빡였다.

갑자기 공기가 싸하게 가라앉자 아렌트가 얼떨떨하게 물었다.

"……뭐야. 반응이 왜들 그래요?"

팔짱까지 끼고 상황을 관망하는 렉시온은 이제 싱글벙글 웃고 있었다.

이 상황이 즐거워 죽겠다는 얼굴이었다.

자카르와 세일럼이 황망한 시선을 주고받았다.

잠시 후, 자카르가 다시 물었다.

"아렌트 경, 지금 뭐가 보인다고? 지금 위치는 어디인지, 어떻게 생겼는지 자세히 말해 봐라."

"예? 갑자기요?"

아렌트는 인상을 살짝 찌푸리면서도 순순히 대답했다.

"자카르 님 어깨 근처랑 세일럼 님 머리 위에 한 마리씩이요. 새인가? 나비 같기도 하고, 꼭 빛 덩어리처럼 보이는데. 크기는 주먹보다 좀 더 큰 정도?"

"……."

엘프들의 표정이 더더욱 묘해졌다.

라이오스 역시 마찬가지였다.

한참 동안 망설이던 라이오스가 짧게 말했다.

"뭐가 보인다는 건지 잘 모르겠군. 내 눈에는 전혀 안 보인다."

"네?"

이번에는 아렌트가 황당하게 되물을 차례였다.

아렌트는 라이오스와 자카르 주변을 유유히 날아다니는 새를 번갈아 바라보았다.

"……안 보인다고요?"

"전혀. 아무것도 없다."

라이오스가 단언한 것에 뒤이어 자카르가 힘겹게 운을 뗐다.

"안 보이는 게 당연합니다. 하지만 아렌트 경의 말 역시 맞습니다."

"세상에……."

세일럼 역시 믿기지 않는다는 듯 신음처럼 중얼거렸다.

이 상황에서 제일 어처구니가 없어진 건 아렌트였다.

"아니, 그래서 저게 뭔데요? 설마 자카르 님이 보고하셔야 한다는 거랑 관계있는 거예요?"

"그렇지, 하지만 설마 이런 일이 생길 줄은 꿈에도 몰랐군."

그렇게 말하는 자카르는 꽤 곤혹스러운 표정이었다.

"중상에서 회복하며 체질이 바뀌었나? 세일럼 님의 말씀대로 기척이 다소 묘해지긴 했다만."

"혼자 아는 이야기 하지 말고 설명을 하시라고요. 저게 뭔데요?"

결국 아렌트가 짜증을 터뜨렸다.

지금 이 순간에도 작은 새 두 마리는 가볍게 날갯짓하며 자카르와 세일럼의 주변을 빙글빙글 맴돌고 있었다.

그럼에도 세일럼과 자카르는 쉽게 말문을 열지 못했다.

한참 만에 자카르가 어쩔 수 없다는 듯 운을 뗐다.

"그…… 정령이다."

"……네?"

한순간 멍해진 아렌트가 제 귀를 의심하며 다시 물었다.

"저게 뭐라고요?"

"정령입니다. 자카르 님이 보관 중이시던 정령석에 이변이 생겨 급히 찾아온 건데…… 어떻게 이런 일이……."

재차 확인해 주던 세일럼이 말끝을 흐렸다.

"……."

칸타레스의 전용 연무장에 진득한 침묵이 흘렀다.

모두가 할 말을 잃어버린 탓이었다.

"큭…… 큭큭……."

조용해진 연무장에 렉시온의 웃음소리가 울려 퍼지기 시작했다.

그 순간 아렌트는 이 상황을 설명해 줄 수 있는 유일한 존재가 렉시온임을 깨달았다.

아렌트의 살벌한 시선이 렉시온에게 닿았다.

"설명해요."

"큭큭, 이건 내가 한 게 아냐. 아마 신성력 때문이겠지."

웃음기를 감추지 못하며 렉시온이 정령들을 턱짓으로 가리켰다.

"일시적인 현상일 수도 있고, 아닐 수도 있다만. 나도 처음 보는 경우라서 뭐라 확답할 수는 없어. 하지만 정말 재미있군. 혹시 저들의 목소리도 들리나?"

"아뇨, 저게 말도 해요?"

아렌트가 미간을 찌푸렸다.

안절부절못하던 세일럼이 끼어들었다.

"정령과 대화할 수 있는 사람은 정령사의 자질이 있거나, 정령에게 선택받은 사람밖에 없어요. 엘프 중에서도 정령사가 될 수 있는 자는 많지 않고요. 물론 드래곤님께는 아무런 제약도 없겠지만……."

"그렇지, 참고로 두 녀석 다 애송이가 무섭다며 빨리 이 자리를 벗어나고 싶다고 말하고 있다."

렉시온이 세일럼 위를 떠도는 정령을 보며 말했다.

라이오스가 얼떨떨하게 물었다.

"자카르 님, 이게 어떻게 된 일입니까?"

"……서부 평원의 호문쿨루스로부터 회수하신 정령석 두 개, 기억하십니까?"

잠깐 뜸을 들이던 자카르가 운을 떼자 라이오스가 고개를 끄덕였다.

"자카르 교관님께 보관을 부탁드렸었던 것들 말씀이십니까?"

태어나기도 전에 혹사당한 정령석들은 기운을 거의 잃어 가고 있었다.

그래도 2왕국의 숲으로 돌아가면 다시 회복될 테니, 본국에 도착하기 전까지 자카르가 맡아 두기로 했던 물건이었다.

"예, 일단 조금이라도 회복에 도움이 될까 해서 슈타들러 백작께서 주신 마정석 상자에 보관해 두고 있었습니다만……."

자카르가 제 옆의 정령을 힐끗 곁눈질했다.

"오늘 동틀 무렵, 갑자기 정령들이 깨어났습니다. 원래 태어나야 할 시기보다 훨씬 이른데, 아무래도 호문쿨루스가 되면서 강제로 자아가 각성되었던 탓인 듯합니다."

"그리고 보니 에버란 왕국의 전장 쪽에서도 비슷한 현상이 발생했다고 합니다."

얼마 전 다이아나로부터 들은 보고를 떠올린 라이오스가 굳은 얼굴로 답했다.

"지클린의 곁에 정령이 있었다더군요. 회수하지 못한 정령석에서 태어난 존재로 추정되며, 지클린을 따르고 있었다고 합니다."

"역시 그랬군요. 자연법칙을 어기는 존재를 따르는 정령이라…… 그 또한 상식 밖의 존재인데."

자카르가 신음처럼 중얼거리는 것에 뒤이어 세일럼이 개운치 못한 얼굴로 입을 열었다.

"그래서 그것 때문에 라이오스 단장께 논의하러 급히 찾아왔던 겁니다. 그런데 설마……."

말끝을 흐린 세일럼이 아렌트를 굉장히 마뜩잖다는 눈으로 흘겨보았다.

"어째서 저런 분이 정령을 보실 수 있게 된 건지…… 순수하고 맑은 영혼의 소유자만이 정령과 교류할 수 있단 말입니다."

순수하고 맑은 영혼.

그 두 단어에 자카르와 라이오스의 얼굴이 뭐 씹은 것처럼 변했다.

그리고 렉시온의 입꼬리는 거의 경련을 일으키기 직전

이었다.

"거 봐, 내가 재미있는 일이라고 했지?"

대놓고 놀림조로 말하는 렉시온에게 새삼 짜증을 낼 힘도 없었다.

아렌트가 황망하게 중얼거렸다.

"진짜 돌겠네."

"뭐, 안 보이던 게 보이게 되었으니 좀 혼란스럽긴 하겠지만 해로울 건 없을 거다. 넌 정령들이 딱 싫어하는 류의 인간이거든."

재미있어 죽겠다는 듯 렉시온이 킥킥 웃었다.

"저것들이 귀찮게 굴 일은 없을 테니 걱정 마라. 눈이 좀 좋아졌다는 것 정도로 생각해."

"별로 상관없긴 한데, 렉시온 님이 그리 말씀하시니 조금 짜증 나네요."

아렌트가 신경질적으로 투덜거렸다.

"렉시온 님 말씀이 맞습니다. 지금도 이 자리를 벗어나고 싶다며 초조해하고 있으니까요."

그렇게 말하는 세일럼은 굉장히 마음에 안 든다는 기색을 노골적으로 드러내고 있었다.

"그래도 라이오스 단장께는 둘 다 호의적인 듯합니다. 지금은 아렌트 경이 가까이에 있어서 차마 다가가지는 못하는 듯합니다만."

"어쨌든, 논의할 필요가 있을 듯해 찾아뵈었습니다."

간신히 침착함을 되찾은 자카르가 차분하게 운을 뗐다.

"칼리온 제국은 정령이 지내기에 좋은 환경이 아닙니다. 게다가 특수한 상황에서 태어난 탓에 이들은 평범한 정령들보다 훨씬 약합니다. 이대로 두면 소멸하는 길밖에 남지 않았습니다."

"마정석으로도 해결이 안 되는 부분입니까?"

라이오스가 진지하게 묻자 자카르가 회의적으로 대답했다.

"지금도 마정석으로 마력을 공급해 주고는 있습니다만, 아무래도 자연에서 얻을 수 있는 힘과는 다르니 임시방편에 불과합니다."

거기에 세일럼 역시 걱정스럽게 덧붙였다.

"엘프 왕국으로 돌려보내는 것도 고려했는데, 그 여정 동안 버틸 수 있을지 모르겠습니다. 그래서 라이오스 단장님께 렉시온 님의 행방을 여쭤보고, 가능하다면 도움을 청하고 싶었습니다만…… 마침 이곳에 계실 줄은 몰랐습니다."

"당연하지. 기척을 최대한으로 숨기고 있었으니까. 엘프들이 득실거리는 곳에서 곧이곧대로 존재감을 드러내고 싶지는 않거든."

렉시온이 성가시다는 듯 손을 휘휘 내저었다.

"확실히 그렇군. 태어나려면 몇십 년은 더 기다려야 했는데, 성급하게 움직이는 바람에 벌써 눈을 떠 버렸으니. 툭 치면 바스러질 정도로 약해."

"역시 그렇습니까?"

세일럼이 울상을 지으며 묻는 말에 렉시온이 단호하게 대답했다.

"왕국으로 돌려보내는 것도 썩 바람직하지는 않아. 아까 한 말대로 가는 길에 소멸해 버릴 가능성이 크다."

자카르의 얼굴이 딱딱하게 굳었다.

"기껏 태어난 정령을 이대로 방치할 수는 없습니다. 부디 지혜를 나눠 주시면 감사하겠습니다."

"성가신 엘프들 같으니. 어린 정령이래 봤자 지능이 있는 마력 덩어리일 뿐인데."

렉시온은 귀찮은 티를 내면서도 두 엘프들 주변을 떠도는 정령들을 보았다.

'애송이를 두려워한다는 건, 호문쿨루스 시절의 기억이 남아서 그런가.'

혹은 신의 흔적이 지나치게 많이 묻은 탓일지도 모르겠다는 생각이 들었다.

성검의 주인이 된 라이오스보다도 신의 손을 많이 탄 것이 바로 아렌트였다.

그런 주제에 신에게 복종하지 않으니 정령들에게는 무서운 존재처럼 보일지도 몰랐다.

아니면 그 더러운 성정을 본능적으로 알아차린 걸지도

모르고.

'어쩌면 저놈이 종종 보이는 묘한 이질감과도 관련이 있을까.'

문득 그런 생각이 들었다.

아렌트는 여전히 이상한 물건 보듯 정령들을 뚫어지게 쳐다보고 있었다.

갑자기 정령을 보게 된 것치고는 영 재미없는 반응이었지만, 제 딴에는 제법 신기한 듯 시선이 계속 정령의 움직임을 따라가고 있었다.

그를 힐끗 곁눈질한 렉시온은 다시 엘프들 쪽으로 고개를 돌렸다.

"굳이 살리고 싶다면야, 방법이 없지는 않아."

"정말입니까?"

세일럼이 커다란 눈을 반짝이자 렉시온은 건성으로 고개를 끄덕여 주었다.

"지금은 단지 미물일 뿐이니, 개인적으로는 그런 수고를 들일 필요까지야 있나 싶긴 하다만."

아렌트를 무서워하면서도 렉시온인 드래곤 앞에서 숨지 않고 한가롭게 노닌다는 건, 아직 정령들이 제대로 된 지능을 갖추지 못했다는 증거였다.

아렌트가 한낱 인간일 뿐이고, 렉시온이 드래곤이라는 것조차 제대로 인지하지 못했다는 뜻이니까.

"뭐, 정령이라는 건 어떤 환경에서 어떻게 성장하느냐

에 따라서 달라지는 법이니, 이대로 소멸하게 두는 건 좀 아깝긴 하지."

"부디 부탁드립니다, 렉시온 님!"

세일럼이 우물쭈물하던 것도 잊어버리고 렉시온에게 성큼 가까이 다가섰다.

초롱초롱한 눈으로 자신을 바라보는 소년을 내려다보던 렉시온이 불현듯 말했다.

"미안한 말이지만, 저 애송이가 왜 그렇게 죽어라 놀려 대는지 알 것도 같군."

반응이 지나치게 솔직했다.

그 뜬금없는 말에 세일럼이 눈을 휘둥그레 떴다.

"예, 예?"

"아니다, 흘려들어. 어쨌든 한 가지 방법이 있긴 하다만."

손을 휘휘 내저은 렉시온이 느긋하게 말을 이었다.

"저 녀석들을 누군가가 책임지는 거지."

"책임을 진단 말씀은……."

그 말을 입 안에서 굴려 보던 자카르가 의아하게 물었다.

"설마 정령사가 필요하다는 말씀이십니까?"

"맞아. 마력을 공유하고, 저 녀석들이 형체를 유지할 수 있도록 도와주는 거다. 정령사로서 성장하면 저 정령들도 안정을 찾을 거야."

라이오스가 눈썹을 휘며 회의적으로 말했다.

"하지만 당장 정령사의 자질이 있는 사람을 찾는 것도 쉽지 않을 듯합니다. 엘프들 중에서도 드문 것이 정령사라고 들었습니다."

"그도 맞는 말이지. 하지만 너희들 옆에 누가 있는지 잊지 말도록."

렉시온의 말에 일행 모두가 일시에 입을 다물었다.

편하게 대화하고 있다지만, 상대는 무려 드래곤이었다.

아렌트가 인상을 쓰고 물었다.

"렉시온 님이 직접 한다는 말씀은 아니시죠?"

"그럴 리가. 저것들은 내 마력을 못 받아들여. 너무 약해서 말이지. 대신 약간의 재능만 있다면 저것들과 계약할 수 있도록 도와주는 건 가능하지."

느긋하게 대답한 렉시온이 눈동자를 천천히 움직이며 연무장에 모인 이들을 하나하나 훑어보았다.

그의 시선이 멈춘 곳은 세일럼이었다.

"멀리서 찾지 않아도, 마침 여기 좋은 게 있군."

"……."

세일럼은 그의 말을 당장 이해하지 못하고 눈만 몇 차례 끔뻑이기만 했다.

렉시온이 한참 동안 아무런 말도 하지 않고 그를 물끄러미 응시하기만 하자, 그제야 세일럼이 멍청하게 물었다.

"저, 저요?"

"아까 보니 저 미물들의 의사를 쉽게 읽어 내더군. 그 정도면 자질은 충분해."

"예, 아니, 그, 하지만!"

렉시온의 말에 세일럼이 당황해 외쳤다.

"하지만 저는 그림자 동족의 주술사인데요?"

"그게 왜? 뭐가 문제지?"

그렇게 되묻는 렉시온은 진심으로 모르겠다는 얼굴이었다.

세일럼은 그만 말문이 막히고 말았다.

결국 보다 못한 자카르가 나섰다.

"렉시온 님도 아시겠지만, 그림자 종족은 어둠 계열 마력 특성 탓에 정령사가 많지 않습니다. 그리고 세일럼 님의 주술에 어떤 영향이 갈지 모르니 어렵지 않을까 합니다."

"마력 특성 문제는 내가 간단히 해결해 줄 수 있고. 주술은……."

톡. 톡.

렉시온이 짐짓 고민하는 척 제 뺨을 두드렸다.

"정령사가 되면 주술을 사용하지 못하게 될까 봐 겁나는 건가?"

"……예, 그렇습니다. 특별한 주술이라, 주술사는 마법도 아주 기초적인 것 외에는 배울 수 없습니다."

잠깐 망설이던 세일럼이 고개를 끄덕였다.

그를 물끄러미 보던 렉시온이 마뜩잖은 얼굴로 뭐라 퉁바리를 주려던 찰나,

"너 어차피 주술 사용할 줄 모르잖아."

아렌트의 목소리가 불쑥 끼어들었다.

"사용할 줄도 모르는 걸 못 쓰게 된다는 게 뭐가 문젠데?"

아픈 곳을 정확하게 찌르는 말에 세일럼이 그대로 얼어붙어 버렸다.

탁. 이마를 짚은 라이오스가 한숨을 내쉬었다.

"……제가 대신 사과드리겠습니다."

맞는 말을 해도 저렇게까지 얄밉게 하는 것도 참 재주라면 재주였다.

"그……."

한참 만에 세일럼이 가까스로 운을 뗐다.

"그렇게 쉽게 말할 수 있는 게 아닙니다, 아렌트 경. 아무래도, 그, 틀린 말씀은 아니십니다만……."

말이 이어질수록 세일럼의 얼굴이 새빨갛게 물들어 갔다.

"주술사의 운명을 타고난 이상, 제게는 맥을 이어야 할 의무가 있습니다. 비록 선대께서 급사하시는 바람에 아직은 아무것도 배우지 못했지만…… 그걸 위해서 이곳에 있는 것과 마찬가지라구요."

하지만 그는 꿋꿋이 제 할 말을 마쳤다.

자카르의 얼굴에 안쓰럽다는 기색이 스쳤다.

제법 기특하다고 할 만한 이야기였지만, 아렌트는 호락호락하지 않았다.

"그거, 가망은 있고?"

이번에도 정곡을 찔린 세일럼이 입을 꾹 다물었다.

할 말을 잃어버린 그 대신 반박에 나선 것은 자카르였다.

"……식지 않는 심장이 있으니 가능성은 있지 않겠나."

"그걸 분석해서 주술의 방식을 분석한다는 거예요?"

아렌트가 고개를 삐딱하게 기울였다.

"무슨 수로?"

"……."

하지만 자카르 역시 할 말이 궁해지고 말았다.

보다 못한 라이오스가 렉시온을 향해 물었다.

"많이 어려운 일입니까?"

"쉽다고는 빈말이라도 못 하지. 뭐, 가능성이 아예 없다고는 할 수 없다만."

렉시온이 고개를 비스듬히 기울였다.

"솔직하게 말해서 시간 낭비라고 생각하는데."

"예……?"

렉시온의 말에 망연자실해 되묻는 세일럼에게 아렌트가 담백하게 대꾸했다.

"지금은 전쟁 중이니까."

가벼운 어조와는 별개로 뼈가 있는 한마디였다.

세일럼은 순간 벙찐 얼굴이 되었다.

자카르와 라이오스 역시 그 말에는 굳이 반박하지 않았다.

그저 조용히 입을 다물고 물끄러미 세일럼을 볼 뿐이었다.

한참 만에 세일럼이 작게 중얼거렸다.

"……그렇군요."

"지금 황궁에서 널 재워 주고 밥 먹여 주는 건 공짜가 아니란 말이지."

아렌트가 무심하게 말을 이었다.

"네 부하들이야 다들 뒈지게 구르면서 열심히 일하고 있다지만, 넌 딱히 그런 것도 아니잖아."

"……."

세일럼의 고개가 점점 더 수그러들었다.

호된 말에 자카르의 표정이 살짝 굳었지만, 그 역시 딱히 아렌트를 저지하지는 않았다.

칼리온 제국의 입장에서 보자면 반박할 수가 없었던 탓이었다.

아렌트의 무심한 목소리가 이어졌다.

"요즘 검을 좀 휘적거린다고 해도, 검은 하루아침에 몸에 익힐 수 있는 것도 아니지. 네 몸 하나 지키기는커녕 어설프게 휘두르다가 옆 사람이나 안 찌르면 다행 아닌가?"

"그렇죠...... 죄송합니다."

세일럼이 기어들어 가는 목소리로 대답했다.

입이 열 개라도 할 말이 없었다.

지금 세일럼은 제국에서 전혀 하는 일이 없었다.

심지어는 제국에 합류하자마자 부하들이 소란을 부린 뒤로, 그들의 지휘권마저 거의 자카르와 라이오스에게 넘긴 상황이었으니까.

그 일을 이렇게 용서받은 것부터가 고개를 들 수 없는 일이었다.

"애초에 전쟁에 협력하는 조건으로 아티팩트를 연구할 자격을 주겠다는 약속이었는데."

팔짱을 낀 아렌트는 세일럼 주변을 맴도는 정령들을 향해 시선을 주었다.

"이미 대형 사고를 한 번 쳤으니, 계약 파기라고 봐도 무방하지. 그때 내가 말했잖아. 그때 너랑 네 부하들은 당장 죽었어도 변명 못 해."

세일럼은 입을 꾹 다문 채 아무런 대답도 하지 않았다.

자카르와 아렌트의 기지로 대강 넘길 수 있었다지만, 본격적으로 공론화했다면 커다란 문제로 번졌을 게 분명했다.

"다른 것보다 전쟁이 끝난 뒤에야 제대로 된 연구를 시작할 수 있을 텐데, 전쟁이 언제 끝날 줄 알고? 아니, 애초에…….”

아렌트가 냉정하게 말했다.

"전쟁이 끝날 때까지 네가 살아남을 수 있을까?"

차가운 목소리 뒤에 진득한 침묵이 흘렀다.

정령들은 아무것도 모른다는 듯 은은한 빛을 내며 여유롭게 날갯짓할 뿐이었다.

렉시온이 말한 시간 낭비라는 것도 그런 의미였다.

"……."

세일럼의 호박색 눈동자가 바닥으로 향했다.

당장이라도 쥐구멍에 들어가고 싶다는 얼굴이었지만, 그럼에도 주술을 포기한다는 말은 차마 내뱉지 못했다.

종족의 후계자라는 의무를 지고 있으니까.

소년을 물끄러미 내려다보던 아렌트가 짧게 덧붙였다.

"그러니까 네 목숨 지킬 방법은 하나쯤 마련해 둬야지."

세일럼이 불현듯 고개를 들었다.

"네?"

"두 번 말하게 하지 마."

멍하니 되묻는 말에 아렌트가 약간의 짜증을 섞어서 대꾸했다.

"백번 양보해서 지금 당장 네가 식지 않는 심장을 가지고 엘프 왕국에 숨는다고 쳐. 거기라고 해서 안전할 거란 보장이 있나?"

"……."

 말이 길게 이어질수록 세일럼의 표정이 점점 묘해졌다.

 "애초에 칼리온 제국에서 단지 호의만으로 식지 않는 심장을 그림자 종족에 양도할 이유도 없고. 적들이 그 물건을 노릴지도 모르는데, 너 같은 애새끼한테 그런 걸 넘겼다가 무슨 사달이 날지 어떻게 알아?"

 "하지만 저는 의무가……."

 "문양 가지고 태어난 게 네 책임도 아닌데, 목숨까지 걸 필요가 어디 있어?"

 웅얼거리는 목소리에 아렌트가 뚱하니 대답했다.

 "아티팩트는 나중에 전하께서 그림자 종족에 넘기든 아니면 그걸 빌미로 더 뜯어먹든 할 테니까, 네가 상관할 일은 아냐."

 "……."

 "하고 싶은 대로 해. 어린애한테 큰 기대를 했을 리도 없고. 애초에 이런 곳까지 널 내보낸 너네 대장로가 미친 새……."

 턱.

 엄한 말이 튀어나온 순간, 라이오스가 아렌트의 입을 틀어막았다.

 "적당히 해라."

이미 못 들을 말을 들어 버린 세일럼이 눈을 휘둥그레 떴다.

"방, 방금 무슨······."

"죄송합니다, 세일럼 님. 나중에 훈계할 테니 못 들은 것으로 해 주시면 감사하겠습니다."

세일럼이 멍청하게 되묻는 말에 라이오스가 침착하게 사과했다.

"······푸하! 더럽게 어디다 손을 대요?"

신경질적으로 단장의 손을 털어 낸 아렌트가 옷소매로 입을 박박 닦았다.

"에이 씨. 어쨌든, 네가 정 그 주술을 붙잡고 싶다면야 어쩔 수 없지만. 머리 잘 굴려. 여기에서 멀뚱멀뚱 전쟁이 끝나기만을 기다릴 건지, 아니면 뭐라도 해 볼 건지."

아렌트를 곱지 않은 눈으로 한 번 본 라이오스가 운을 뗐다.

"저 녀석 말버릇이 나빠서 그렇습니다만, 저도 몸을 지킬 방법이 필요하다는 아렌트의 말에 동의합니다. 전쟁뿐만이 아니라 앞날을 위해서도요."

단장의 차분한 말에 세일럼의 눈이 흔들리기 시작했다.

"아티팩트를 분석해서 주술을 알아내는 것은 세일럼 님의 다음 대라도 가능한 일입니다. 세일럼 님이 진정으로 바라시는 일이 그것이라면 결코 만류할 생각은 없습니다만."

 라이오스가 심유한 시선으로 엘프 소년을 가만히 응시했다.

 "감히 제 생각을 말씀드리자면, 세일럼 님께서는 이미 스스로 원하시는 것을 마음속으로 깨달으신 것처럼 보입니다."

 애초부터 주술을 되살린다는 것은 세일럼의 바람이 아니었다.

 대장로와 그림자 종족 전체의 소망일 뿐.

 제국에 도착한 지 얼마 지나지 않아서부터 유난히도 자신의 쓸모에 연연해하던 세일럼이었다.

 그들의 바람을 들어줘야만 한다는 생각에 얽매여 있던 것이다.

 아렌트는 처음부터 그것을 간파한 거였다.

 그들을 지켜보던 자카르가 입을 열었다.

 "세일럼 님. 대장로님들이 들으시면 역정을 내실 일이지만, 저도 아렌트 경과 같은 생각입니다."

 "네?"

 "그림자 종족의 대장로님이 걱정이시라면, 신경 쓰지 않으셔도 될 겁니다."

 얼떨떨하게 되묻는 세일럼에게 자카르가 옅은 미소를 지어 주었다.

 "드래곤께서 권유하신다는데, 뭐 어쩌시겠습니까. 게

다가 꼴을 보아하니 주술 관련으로 그림자 족의 대장로님께서 한 마디라도 하시는 순간……."

자카르의 시선이 아렌트에게 닿았다.

"아렌트 경이 직접 나서서 한바탕할 것 같으니까요. 아렌트 경의 성격은 세일럼 님도 잘 아실 겁니다."

교관과 눈을 마주친 아렌트가 삐딱하게 대꾸했다.

"내가 왜요?"

"말은 그렇게 해 놓고 성질 뻗치면 앞뒤 안 살피고 들이받을 거 다 안다. 알타이르 대장로님은 아직도 아렌트 경 이야기만 나오면 표정이 변하시거든."

자카르가 농담 반 진담 반으로 대꾸하자 아렌트가 살짝 인상을 찌푸렸다.

"진짜 성격이 좀 변하신 것 같은데요."

"그런가. 난 잘 모르겠군."

무표정으로 그리 말하는 자카르를 보며 아렌트는 조금 심란해졌다.

'성검의 푸른 기사'에서의 자카르는 저렇게 능글맞지 않았던 것 같은데.

잠깐 딴생각을 하는 사이, 세일럼은 눈동자를 아래로 내리깐 채 입을 꾹 다물고 있었다.

고민에 빠진 것이다

그의 주변으로 정령들이 나풀나풀 가볍게 날갯짓하며 맴돌았다.

"……."

세일럼은 저도 모르게 주먹을 꾹 쥐었다.

하나하나 따지자면 틀린 말은 없었다.

그림자 종족의 대표로 온 이상 왕국으로 돌아갈 수도 없었고, 황궁에서 문제를 일으켰으니 아티팩트를 양도받을 명분도 잃어버렸다.

이건 외교적인 문제였으니까.

'게다가…….'

아렌트의 가시 돋친 말이 무슨 뜻인지도 알 것 같았다.

기회가 닿았을 때, 스스로 몸을 지킬 확실한 수단을 마련해 두라는 거였다.

지금부터는 혼란스러운 시대가 계속될 테니까.

바로 얼마 전까지 사경을 헤매던 사람의 말이니 결코 흘려들을 수가 없었다.

"만약에, 진짜 만약에 말입니다."

한참 만에 세일럼이 어렵게 말문을 열었다.

"말씀대로 정령사가 된다면 저도…… 이 전쟁에서 쓸모가 생길까요?"

지금 당장 세일럼이 할 수 있는 일은 그저 가만히 보호받는 것뿐이었다.

"어린애 주제에 쓸모는 무슨."

퉁명스러운 답을 내준 사람은 아렌트였다.

세일럼이 자신을 보자 아렌트가 담백하게 덧붙였다.

"그래도 할 줄 아는 게 생긴다면, 본인 재주껏 그걸 적재적소에 이용하는 건 가능하겠지."

결국 본인의 선택에 달렸다는 뜻이었다.

"네 역할은 네가 골라."

여전히 무감정한 음성이었지만, 가만히 듣고 있자니 어쩐지 어깨에서 힘이 빠지는 것 같았다.

"……그렇군요."

세일럼이 작게 고개를 끄덕였다.

"죄송해요, 며칠만 말미를 주세요. 좀 더 고민해 볼 시간이 필요합니다."

"이왕 고민할 거면 연회가 열리기 전까지는 결정해. 그래야 조금이라도 써먹을 데가 생길 테니까."

아렌트가 분위기를 바꿔 가볍게 대꾸했다.

그러자 세일럼이 눈을 휘둥그레 떴다.

"잠깐만요, 방금이랑 말이 너무 다르잖아요!"

"원래 쓰임새라는 건 이용하는 사람에 따라 달라지는 거야. 당연히 너한테는 기대 안 하지."

아렌트가 보란 듯이 어깨를 으쓱했다.

"하지만 나는 충분히 잘났거든. 멍청한 너희 대장로랑은 다르……."

턱.

라이오스가 다시 아렌트의 입을 막았다.

"죄송합니다. 조만간 말버릇을 고쳐 놓겠습니다."

라이오스가 괴롭게 건넨 사과에 자카르가 떨떠름하게 말했다.

"……아직 포기 안 하셨군요. 오히려 대단하십니다."

자카르의 시선에는 라이오스를 향한 약간의 동정이 서려 있었다.

심지어는 세일럼과 렉시온마저도 라이오스에게 안쓰럽다는 눈길을 보내기 시작했다.

역시 죽다 살아난대도 사람이 쉽게 변하란 법은 없었다.

엘프들과 드래곤의 그런 눈빛을 마주하자니, 아주 오랜만에 속이 쓰려오는 것 같은 라이오스였다.

의외로 세일럼은 꽤 빠르게 결단을 내렸다.

말이 나온 지 이틀 만에 곧장 렉시온을 찾아간 것이다.

덕분에 황태자 전용 연무장에 드나드는 사람이 한 명 더 추가되었다.

렉시온의 도움을 받아 정령술 수련을 시작한 세일럼이었다.

그리고 이 보고를 들은 칸타레스는 다시금 미묘한 표정을 지을 수밖에 없었다.

"세일럼 님의 선택은 당연히 존중하지만, 그림자 종족이 어떻게 나올지 잘 모르겠는데."

"애초에 그쪽이 불평할 입장은 아니죠. 먼저 선 넘은 건 그림자 종족이니까."

아렌트가 어깨를 으쓱했다.

"일단 지금은 윽박질러 놓고 나중에 아티팩트로 협상하든 말든, 전하께서 알아서 하세요."

"이 자식, 결국 귀찮은 일은 다 나한테 떠넘기는 거잖아."

황태자가 짜증스럽게 투덜거리자 아렌트가 뻔뻔하게 대답했다.

"원래 그러라고 있는 게 윗사람 아닙니까?"

"그건 맞다만, 아랫사람이 그리 천연덕스럽게 지껄일 말은 아냐."

한숨을 푹 내쉰 칸타레스는 서류를 한쪽으로 밀어 놓고 고개를 들었다.

늘 그렇듯 삐딱하게 선 견습 기사가 한눈에 들어왔다.

'이러니저러니 해도 어린애한테는 무르다니까.'

정작 아렌트 본인은 그 사실을 깨닫지 못한 눈치였지만.

상대가 자신의 몇 배를 더 산 엘프라고 해도 마찬가지인 모양이었다.

괜히 그걸 입 밖으로 그대로 꺼냈다가는 무슨 욕을 들어 먹을지 모르니, 칸타레스는 그냥 말머리를 돌려 버렸다.

"노이만 정보상에서 나한테 뭔가 보냈는데, 네가 의뢰한 거냐?"

"넵, 상단주님께 특별히 의뢰해서 고른 명단이에요. 역시 빠르시다니까."

"명단이라. 그렇다면 거기 적힌 사람들을 연회에 불러 모으라는 거지?"

역시 척하면 척이었다.

아렌트가 고개를 끄덕였다.

"굳이 다는 필요 없고, 몇 명만 있어도 됩니다."

"알았어. 이따가 검토해 보고 젠에게 넘기지."

가볍게 고개를 끄덕인 칸타레스가 농담처럼 물었다.

"설치고 다니는 걸 보아하니 과보호에서는 어느 정도 벗어났나 봐?"

"드래곤이 치료했다는데 뭐 어쩔 거예요. 몸 상태도 최고고."

덕분에 마력량만으로는 라이오스를 제외한 제3기사단에서 아렌트를 따라올 사람이 없게 되었다.

처음에는 당황스럽긴 했지만 아티팩트를 사용할 때의 제약에서 해방됐으니 불만은 전혀 없었다.

웬 날파리 같은 게 보이게 된 것 말고는.

게다가 그건 렉시온이 한 짓도 아니라고 하니까.

칼리온 제국은 정령이 거의 없다고 하니, 세일럼 근처를 알짱거리는 두 녀석을 제외하고서는 딱히 방해될 요소는 없었다.

한 가지 짜증 나는 점은……

"좀 귀찮은 일이 생기긴 했습니다만, 조만간 포기하겠죠."

 아렌트가 약간의 언짢음을 담아 덧붙이자 칸타레스의 미간이 찌푸려졌다.

 "귀찮은 일?"

 "엘프 꼬맹이가 검술을 가르쳐 달라고 쫓아다니기 시작해서요."

 견습 기사가 투덜거리는 말에 칸타레스가 얼굴을 일그러뜨렸다.

 "……하필이면 너한테? 좋은 꼴 못 볼 텐데?"

 아렌트에게 검을 배워 보겠다며 설쳤다가 몇 번이나 몸소 험한 꼴을 당한 황태자였다.

 뭐든지 잘하는 재수 없는 놈답게, 아렌트는 남을 가르치는 데에도 나쁘지 않은 재주를 보였다.

 무엇보다 눈썰미가 타의 추종을 불허하니 잘못된 자세나 약점을 찾아내는 데 탁월했다.

 하지만 딱 하나 치명적인 문제가 있었으니, 다른 사람을 지도하기에는 성질이 지나치게 더럽다는 점이었다.

 원체 사람 괴롭히는 걸 좋아하는 녀석인 데다 툭하면 빈정거리고 놀려 대니, 당하는 입장에서는 복장이 터질 수밖에 없었다.

 아렌트가 불만스럽게 투덜거렸다.

 "귀찮아서 거절했는데 끈덕지게 따라다녀요. 하여튼

재미있는 일이라고 했지? 〈83〉

성격 이상한 꼬맹이 같으니."

"네가 다른 사람한테 성격 이상하다고 할 자격이 있냐?"

황태자의 지적을 무시해 버린 아렌트가 불만스럽게 말을 이었다.

"정령사가 됐으니 굳이 검을 배울 필요도 없을 텐데, 이렇게 된 거 뭐라도 더 해 보고 싶다면서 난리더라고요."

"그래도 멋지지 않나? 만일 성공한다면 정령검사가 되는 거잖아. 인간 기준에서는 시간이 좀 오래 걸리긴 하겠지만."

엘프들은 타고난 마력도, 신체도 인간보다 뛰어나니 세일럼이 성인이 될 무렵에는 제법 멋진 정령검사가 되어 있을 것이다.

칸타레스의 말에 아렌트가 삐딱하게 대꾸했다.

"다 좋은데 왜 하필 저예요? 이왕이면 정령을 볼 수 있는 사람에게 검을 배우는 게 좋다는 것까지는 알겠지만, 같은 엘프인 자카르 교관님도 있는데."

"네가 정령을 볼 수 있게 되었다는 것부터가 상당히 웃기는 일이긴 하다만…… 까닭이야 뭐, 대충 짐작은 가지."

어이없이 중얼거린 황태자가 이내 씨익 짓궂은 미소를 지었다.

"혹시 그거 아나? 병아리가 알을 깨고 나오면 가장 처음 본 사람을 보호자로 인식하고 쫓아다닌다더군."

"……뜬금없이 그게 무슨 소리예요?"

아렌트가 인상을 찌푸렸다.

하지만 칸타레스는 여전히 빙그레 웃으며 애매한 대답을 내어놓을 뿐이었다.

"어린애한테는 곧이곧대로 어린애 취급해 줄 사람이 필요해. 그게 아무리 성질 더럽고 까칠한 놈이라고 하더라도."

"……?"

견습 기사는 여전히 의아한 낯이었다.

하지만 칸타레스는 더 이상 아무런 말도 해 주지 않았다.

태어날 때부터 주술사의 문양을 지니고 있던 세일럼은 그림자 종족 안에서 철저한 관리를 받으며 성장했을 게 분명했다.

모자란 것 하나 없이 호화로운 생활이었더라도 그만큼 주술사로서 받는 기대 때문에 숨이 막혔을 것이다.

그러던 중 먼 타국까지 와서 처음으로 애새끼 취급을 받으며 죽어라 놀림까지 당하는 판이니, 세일럼에게는 아렌트의 존재가 좋은 의미로든 나쁜 의미로든 충격일 수밖에 없을 터였다.

"아, 그러고 보니."

문득 칸타레스가 다시 운을 뗐다.
"아서 경은 요즘 좀 어때?"
"그 사람은 왜요?"
아렌트가 시치미를 뚝 떼며 묻는 말에 칸타레스가 곧장 타박을 놓았다.
"진짜 몰라서 묻는 건 아닐 테지?"
"모르겠는데요. 평소랑 딱히 다를 것도 없어요."
천연덕스러운 대답과 함께 아렌트가 다시 어깨를 으쓱했다.
딱히 거짓말은 아니었다.
깊은 잠에서 깨어난 후에도 아서는 평소처럼 아렌트를 대했다.
꼭 아무 일도 없었다는 것처럼.
그 뒤로는 늘 그랬듯 서로 쓸데없는 것으로 시비를 걸고 싸워 대는 일상이었다.
하지만 그렇다고 해서 아서가 정말로 아무렇지도 않은 게 아니라는 것쯤은 사실 아렌트도 잘 알고 있었다.
'괜히 답지도 않은 짓을 해서는.'
아렌트는 속으로 짧게 투덜거렸다.
렉시온을 아군으로 얻기는 했지만, 홧김에 저질렀던 일의 여파는 결코 작지 않았다.
특히나 아서는 그 꼴을 직접 목격한 사람이었다.
하지만 아서는 아무것도 묻지 않았다.

분노를 주체하지 못한 아렌트가 다짜고짜 신상을 파괴하는 꼴을 직접 보고서도, 그는 따지거나 이유를 묻기는커녕 그냥 모르는 척하겠다는 태도를 보인 것이다.

"그렇다면 다행이지만."

칸타레스의 목소리에 아렌트가 다시 고개를 들었다.

황태자는 어느 순간부터 아렌트를 물끄러미 보고 있었다.

"아무것도 안 묻는다는 게 어떤 의미인지는 절대로 잊지 말도록. 아서 경도, 나도, 다른 사람들도."

굳이 캐묻지 않는다는 건 그냥 모르는 척하겠다는 뜻이 아니었다.

어떠한 사정이 있겠거니 하며 그저 믿고 기다려 준다는 거지.

오히려 그 점이 아렌트는 더욱 불편했다.

뭔가 묻기라도 한다면 대사라도 꾸며 낼 텐데, 저쪽이 잠자코 있으니 아렌트가 새삼 반응을 보일 수도 없었으니까.

"……."

잠깐 황태자의 집무실에 침묵이 흘렀다.

가라앉은 분위기를 읽은 아렌트가 일부러 삐딱하게 말했다.

"입 안 다물고 있으면 뭐 어쩔 건데요?"

"하여튼 건방진 자식. 어쨌든 명단 건은 내가 알아서

처리하지. 도대체 뭘 하고 싶은 건지는 모르겠다만."

칸타레스 역시 더 이상 물고 늘어지지 않고 짜증스레 툴툴거릴 뿐이었다.

*　*　*

보고를 마치고 연무장으로 돌아가니, 한데 삼삼오오 모여 있는 기사들이 눈에 들어왔다.

그들을 보자마자 아렌트는 짧게 한숨을 내쉬었다.

전서구 정도 크기의 정령들이 은은한 빛을 내며 기사들의 머리 위를 날갯짓하며 여유롭게 날아다니고 있었다.

분명 얼마 전까지만 해도 나비 정도 크기였던 녀석들은, 렉시온의 도움을 받아 세일럼과 계약한 이후로 확연히 크기도 커지고 기운도 좀 더 분명해졌다.

렉시온이 내린 처방이 정확했다는 증거였다.

선배들 사이에서 어설프게 검을 쥔 세일럼의 목소리가 들려왔다.

"이, 이렇게 말씀이십니까?"

"잘하고 계십니다! 좀 더 힘을 빼고 자세를 낮추셔야 합니다."

"발이 흐트러졌습니다!"

이런저런 참견을 해 대는 기사들은 제법 신난 것처럼 보였다.

심지어는 아렌트가 연무장에 들어선 것조차 눈치채지 못한 것 같았다.

아렌트가 어이없이 중얼거렸다.

"저건 또 뭐 하는 짓거리래?"

그때, 옆에서 누군가가 불쑥 말을 걸어왔다.

"너는 또 어딜 다녀와?"

고개를 돌리자 삐딱하게 선 아서가 몇 걸음 뒤에 서 있는 것이 눈에 들어왔다.

아렌트는 아무렇지도 않게 대꾸했다.

"선배가 알아서 뭐 하게요."

"⋯⋯열받는 새끼. 보나 마나 또 황태자 전하께 다녀온 거 아냐? 세일럼 님 건으로."

아서가 짜증스럽게 투덜거리면서 아렌트의 곁으로 다가왔다. 아렌트는 그를 쳐다보지도 않으며 대답했다.

"알면서 뭘 물어요? 그나저나 지금 저건 또 뭔데요?"

"세일럼 님이 너 찾으러 여기까지 혼자 오셨더라. 너한테 검을 배우고 싶다고 하시기에 선배들이 전부 뜯어말리다가, 본인이 더 나을 거라며 갑자기 강습이 시작된 거지."

아서 역시 한바탕 몸을 푼 뒤인지 이마에 땀이 송골송골 맺혀 있었다.

아서는 기사들에게 둘러싸인 세일럼 쪽으로 시선을 주었다.

"취향 참 특이하시다니까. 왜 하필 너야?"
"내 말이요. 그동안 당한 걸로는 성에 안 찬 모양이죠."
심드렁하게 말하며 아렌트는 아서를 힐끗 보았다.
가까이에서 보이는 옆얼굴은 아무렇지도 않은 표정을 드리우고 있었다.
'연기가 늘었네.'
가면을 쓰고 있는 모습이 제법 자연스러웠다.
하지만 어째선지 아렌트는 그게 썩 달갑게 느껴지지는 않았다.
그의 시선을 느낀 아서가 눈동자만을 움직여 아렌트를 마주 보았다.
"네가 좀 가 봐. 저러다 애 잡겠다."
"내가 잡는 게 더 빠르지 않을까 싶긴 한데요."
마뜩잖게 대답하면서도 아렌트는 선배들을 향해 걸음을 옮겼다.
아렌트가 가까워지자 정령들이 화들짝 놀라 황급히 세일럼의 곁으로 돌아갔다.
"앗, 아렌트 경!"
세일럼이 반색하고 환한 미소를 지었다.
그제야 아렌트의 기척을 알아차린 기사들 역시 고개를 돌렸다.
"뭐야, 언제 왔어?"
"그렇게 둔해 빠져서 누가 누굴 가르친다는 거예요?"

누군가의 물음에 아렌트가 퉁명스레 내뱉었다.

그러자 라이더가 인상을 와락 구겼다.

"이 싸가지 없는 새끼, 경력 차이를 생각해!"

"경력이 길면 뭐 해요. 실속이 없는데."

성가시다는 듯 손을 휘휘 내저은 아렌트는 땀범벅이 된 세일럼 쪽으로 어슬렁어슬렁 다가갔다.

아렌트가 자신의 앞에 걸음을 멈추자 세일럼은 조금 긴장해 몸을 굳혔다.

정령들 역시 포르르 날아와 세일럼의 어깨와 머리 위에 앉았다.

마치 아렌트를 경계하는 것 같은 몸짓이었다.

아렌트는 무심한 눈으로 세일럼을 내려다보았다.

"나 바쁜 사람인 거 알지?"

"네, 네! 물론입니다. 아렌트 경."

세일럼이 황급히 고개를 끄덕였다.

그 움직임에 놀란 정령들이 다시 날아올랐다.

정령들 쪽으로 무심히 시선을 던지며 아렌트가 짧게 내뱉었다.

"그러니까 어지간하면 한 번에 알아들어. 여러 번 설명할 시간 없으니까."

순간 세일럼이 얼빠진 표정을 지었다.

아렌트가 한 말을 한 번에 이해하지 못한 것이다.

아렌트는 더 이상 길게 말하지 않고 시큰둥한 얼굴로

세일럼을 응시하기만 했다.
 잠시 후. 소년의 얼굴에 환한 미소가 피어났다.
"네, 아렌트 경!"

3장. 뭘 기대했던 겁니까?

뭘 기대했던 겁니까?

 그날 저녁, 황태자 전용 연무장은 평소보다 조금 더 사람이 많았다.
 아렌트와 그에게 검을 배우기 위해 찾아온 세일럼과 그가 걱정되어서 따라온 자카르, 그리고 라이오스가 한자리에 모인 탓이었다.
 "세일럼 님께서 원하셨으니 딱히 말리지는 않았습니다만."
 세일럼과 아렌트가 훈련하는 모습을 물끄러미 지켜보던 자카르가 운을 뗐다.
 "……저거 정말로 괜찮은 겁니까?"
 그리고 곁에서 비슷한 표정을 한 라이오스가 떨떠름하게 고개를 끄덕였다.

"괜찮…… 을 겁니다. 아렌트가 근본이 나쁜 녀석은 아니니까요."

"아렌트 경이 나쁜 사람이 아니라는 건 압니다만."

자카르가 말끝을 흐렸다.

그렇다고 해서 주변에 좋은 영향만 끼치는 사람이라고 묻는다면, 그건 또 아니었다.

때마침 끈덕진 놀림을 참다 못한 세일럼이 결국 버럭 고함치는 소리가 들려왔다.

"아, 진짜! 아렌트 경은 처음부터 다 잘하셨습니까?"

"어, 잘했어."

팔짱까지 낀 채 아렌트가 뻔뻔하게 대답했다.

자카르가 짧게 신음을 흘렸다.

"저런."

물론 처음 배우는 사람은 서툴 수밖에 없지만, 그런 식으로 따지기에는 아무래도 상대가 나빴다.

아렌트는 황실 기사단 최연소 입단자라는 이름을 달고서 견습 기사 꼬리표를 떼기도 전에 혁혁한 공을 세워 대는 괴물이니까.

괜히 덤볐다가는 오히려 말을 내뱉은 본인만 상처 입을 뿐이었다.

팔짱을 끼고서 삐딱하게 선 아렌트가 밉살맞게 말했다.

"안 되면 노력이라도 해야지. 다시 해. 자세 흐트러졌으니까."

"……."

땀범벅이 된 채 약이 올라 얼굴이 새빨개졌으면서도, 세일럼은 그의 말대로 자세를 고쳐 잡았다.

할 말이 없었던 탓이었다.

"그래도 의외로 제대로 가르치는군요. 배우는 게 빠른 사람은 오히려 남을 가르치기가 어려운 법인데."

검집으로 세일럼을 툭툭 쳐 가면서 자세를 바로잡아 주는 아렌트를 보던 자카르가 중얼거렸다.

교관으로 지내며 전사들을 가르친 경력이 꽤 긴 그가 보기에도 나쁘지 않은 교습이었다.

"아렌트 경은 본인의 움직임을 머리로도 정확하게 이해하고 있는 모양이군요. 얼핏 봤을 때는 대부분 직관에 의존하는 것 같았습니다만. 그것도 아니었던 것 같습니다."

"처음 체득할 때는 그런 편입니다. 그러고 난 뒤 이해가 될 때까지 몇 번이고 되풀이하는 것 같더군요. 그마저도 속도가 아주 빠른 편입니다."

라이오스가 답을 내주었다.

좋게는 완벽주의, 나쁘게는 약간의 강박이라고도 할 수 있는 아렌트의 성향이었다.

잠깐 뜸을 들이던 라이오스가 덧붙였다.

"……저 성질머리는 아무래도 어쩔 수 없지만요."

"……."
 자카르는 아무런 말도 하지 않았다.
 대신 슬그머니 세일럼과 아렌트에게서 시선을 뗄 뿐이었다.
 불길한 기운을 느낀 정령들이 자신의 계약자를 버리고 자카르에게 다가와 머리에 살풋 내려앉았다.
 다음 순간, 우당탕! 거창한 소리가 터져 나왔다.
 비틀대던 세일럼이 결국 바닥을 구르는 소리였다.
 "중심 잘 잡으라고 말했을 텐데."
 "그렇다고 다리를 거는 게 어디 있습니까?"
 "그러게 누가 갓 태어난 사슴처럼 바들대랬나. 얼른 일어나."
 "누가 갓 태어난 사슴이라는 거예요?!"
 아렌트의 냉정한 목소리에 뒤이어 세일럼이 억울하게 외쳤다.
 애써 그들을 외면하며 자카르가 물었다.
 "안 말리십니까?"
 잠깐 침묵하던 라이오스가 대답했다.
 "……괜찮지 않겠습니까? 너무 심하게 굴지는 않을 겁니다."
 참견하기 싫다는 말이었다.
 자카르도 한동안 입을 다물고 있다가 짧게 한 마디 덧붙였다.

"다음에 그림자 종족 대장로님께 사과드리러 가야겠습니다."
"그때는 제 몫도 부탁드립니다."
라이오스의 말에 자카르가 묵묵히 고개를 끄덕였다.
다른 건 모르겠지만, 세일럼의 성격이 나빠진다면 그건 분명 그들의 책임이었다.

* * *

연회를 며칠 앞둔 시점, 다이아나와 켄드릭, 그리고 셰키나와 라그날드가 칼리온 제국으로 복귀했다.
황태자에게 보고를 마친 그들은 곧장 황궁에 남아 있던 이들과 근황을 교환하는 자리를 마련했다.
세일럼과 함께 연무장에 있던 아렌트 역시 라이오스에게 불려 나가 자카르와 함께 동석했다.
그리고 어째서인지 르웰린 역시 다이아나와 함께였다.
일행 사이에 섞인 르웰린을 보자마자 아렌트의 표정이 떨떠름해졌다.
"……."
"야, 너 이 자식!"
그러거나 말거나, 르웰린은 곧장 고함을 치며 아렌트에게 달려들었다.
덥석 아렌트의 어깨를 붙잡은 르웰린은 그의 몸을 이리

저리 돌려보며 꼼꼼히 살펴 대기 시작했다.
"아픈 데는? 어디 안 좋은 곳은 없고? 후유증은?"
르웰린의 손을 확 떼낸 아렌트가 짜증스럽게 물었다.
"어딜 손대? 그리고 넌 왜 여기에 있는 거야?"
그러자 르웰린이 기다렸다는 듯이 꽥 고함쳤다.
"왜냐고? 진짜 몰라서 물어? 세상 사람들이 다 너처럼 매정한 줄 알아? 내가 얼마나 걱정했는데!"
"진짜 시끄러워 죽겠네."
아렌트가 질색하며 물러섰지만 르웰린은 호락호락하지 않았다.
"누가 위험한 짓 하래? 렉시온 님이 계셔서 다행이지, 안 그랬으면 어쩔 뻔했어?"
"이 자식은 왜 뒷북이야? 통신구로 실컷 떠들어 댄 걸로는 모자랐냐?"
아옹다옹하는 두 사람을 보며 다이아나가 피식 힘 빠진 미소를 지었다.
"팔팔해 보이니 다행이긴 하군. 아렌트 경도, 라이오스 단장도."
"난 사실 라이오스 단장을 좀 더 걱정했는데, 괜찮아 보이니 마음이 놓이는군."
켄드릭 역시 너털웃음을 터뜨리며 고개를 끄덕였다.
라이오스는 조금 민망해져 고개를 살짝 숙였다.
"다소 추태를 보였습니다. 걱정해 주셔서 감사합니다.

두 분도 무사히 복귀하셔서 다행입니다."

"우리보다는 황궁 쪽이 큰일이었겠지."

쓴웃음을 드리운 켄드릭이 라이오스의 어깨를 툭 쳐 주었다.

"고생 많았다, 라이오스. 훌륭하게 잘 해냈더군."

"……."

라이오스가 눈을 조금 크게 떴다.

잠시 후, 그의 무뚝뚝하던 얼굴에 엷은 미소가 드리웠다.

"감사합니다."

"앞으로가 문제겠지만. 자네에게 너무 많은 짐을 지우는 것 같아서 걱정이군."

켄드릭이 근심스럽게 중얼거렸다.

성검에 관한 소식은 이미 동맹국에도 일파만파 퍼져 있었다. 신이 전쟁을 돕는다는 소식에 대부분 축제 분위기에 빠졌지만, 다이아나와 켄드릭은 마냥 기뻐할 수만은 없었다.

그러나 라이오스는 담담하게 대답했다.

"괜찮습니다. 제가 감당하겠습니다."

"네가 이런 식이니 부하가 보고 따라 하는 거지. 라이오스 단장, 경도 몸 좀 사리도록."

다이아나가 걱정 어린 타박을 놓았다.

단장이 되기 이전의 그를 대하는 듯한 가벼운 어조에서 오히려 진심 어린 걱정이 느껴졌다.

그 마음을 읽어 낸 라이오스가 순순히 고개를 끄덕였다.
"명심하겠습니다."
"그건 그렇고⋯⋯."
다이아나의 시선이 라그날드와 셰키나 쪽으로 향했다.
심란함을 노골적으로 드러낸 두 엘프의 시선은 아직도 르웰린과 실랑이를 벌이는 아렌트에게 닿아 있었다.
"용건이 있으시면 지금 말씀하시는 게 좋겠습니다, 셰키나 님. 그리고 라그날드 님. 공사다망한 녀석이라 좀처럼 얼굴 구경하기 힘들거든요."
다이아나가 농담처럼 건네는 말에 셰키나가 짧게 한숨을 내쉬었다.
"⋯⋯아닙니다. 이미 결정된 사항에 저희가 무슨 말을 얹을 수 있겠습니까."
칼리온 제국으로 돌아오자마자, 그들은 칸타레스에게 세일럼이 정령사가 되었다는 소식을 전해 듣게 되었다.
아렌트의 입김이 미쳤다는 것 역시 자연스레 알게 되었지만, 지금 와서 자신들이 어떤 말을 하든 통하지 않을 거라는 것 역시 깨달은 것이다.
"이미 벌어진 일이니 첨언해 봤자 아무런 의미도 없습니다. 어쨌든 결정은 세일럼 님이 하셨을 테니, 참견할 수도 없는 노릇이고요."
라그날드 역시 개운치 않은 얼굴로 셰키나와 비슷한 대답을 내어놓았다.

평소라면 이런 자리에 빠지지 않았을 세일럼이 모습을 보이지 않았다는 것부터가 이미 답이 나온 것과 마찬가지였다.

"그리고 무엇보다 지금 무슨 말을 해 봤자 듣지 않을 것도 압니다."

그렇게 말하며 라그날드가 아렌트 쪽을 보았다.

그 시선을 알아차린 아렌트가 르웰린과의 실랑이를 멈추고 삐딱하게 물었다.

"뭘 그렇게 속닥대요? 불만 있으면 직접 말씀하시든가요."

라그날드가 딱딱하게 대꾸했다.

"딱히 불만은 없다, 아렌트 경. 큰일을 겪었는데도 경은 변함이 없군."

"원래 사람은 그리 쉽게 변하는 게 아니죠. 그러는 라그날드 님은 굉장히 고까워 보이시네요."

어깨를 으쓱하는 견습 기사를 본 라그날드의 미간이 살며시 구겨졌다.

그의 심기가 상했다는 것을 알아차린 자카르가 끼어들었다.

"어쩔 수 없는 일이었습니다. 그리고 드래곤 렉시온 님께서 직접 그리 권유하시기도 했으니까요."

"방금 말했듯이 그것을 탓하는 게 아닙니다, 자카르 교관."

라그날드가 단호하게 대답했다.

"단지 저는 아렌트 경의 분에 지나치게 넘치는 영향력이 염려스러울 뿐입니다."

"……."

그의 직설적인 말에 순간 회의실의 분위기가 차갑게 가라앉았다.

갑작스레 찾아온 정적에 당황할 만한데도, 라그날드는 그저 조용히 아렌트를 응시할 뿐이었다.

아렌트 역시 무심한 눈으로 그를 마주 보았다.

어쩐지 라그날드와 셰키나가 어떤 오해를 했는지도 대충 알 것 같았다.

'드래곤과 루체 신의 이름을 등에 업고서 세일럼을 설득했을 거라 여기는 거겠지.'

웃기지도 않는 추리였지만 나름대로 설득력 있는 말이었다.

아렌트는 무표정인 그대로 시큰둥하게 대꾸했다.

"제가 너무 잘났는데 뭐 어쩌겠어요. 콧대 높으신 엘프 여러분은 동족이 한낱 인간의 설득에 넘어갔다는 사실이 굉장히 유감스러우신가 봐요?"

"……."

셰키나와 라그날드의 얼굴이 딱딱하게 굳었다.

심상찮은 공기에 르웰린이 급하게 아렌트의 옷깃을 잡아당겼다.

"야, 야! 적당히 해!"

"적당히는 무슨. 난 있는 그대로를 말했을 뿐인데."

르웰린과 아렌트를 착잡하게 보던 셰키나가 운을 뗐다.

"승전 기념 연회를 준비하신다 들었습니다. 칸타레스 전하께서는 엘프 왕국과의 친선을 기념할 겸, 성검의 주인이 누구인지 만천하에 공표하는 자리가 될 것이라고 말씀하시더군요."

아렌트는 어디 한번 더 말해 보라는 듯 셰키나를 빤히 보기만 했다. 셰키나는 그런 견습 기사를 가만히 마주 보며 또박또박 말을 이었다.

"혹시 그 역시 아렌트 경의 영향이 닿은 결과입니까?"

"뭐어."

애매한 소리를 내며 고개를 기울인 아렌트가 담백하게 시인했다.

"정확하게 보셨네요. 제가 전하께 제안드렸어요. 전하께서 받아들이셨고, 폐하께서도 허가를 내리셨죠."

라그날드와 셰키나의 표정이 더욱 얼어붙은 것은 당연한 결과였다.

셰키나가 한 걸음 성큼 그에게 다가섰다.

"주제넘은 짓이라고는 생각 안 하십니까?"

"글쎄요. 지금 주제넘은 짓을 하시는 건 셰키나 님 쪽이 아닌가요?"

그녀가 다그치는 말에 아렌트가 능청스럽게 대답했다.

"황태자 전하께서 추진하시는 일에 셰키나 님이 불만을 표하실 자격은 없으시다고 생각됩니다만."

"아렌트 경! 지나치게 교만하십니다."

참다못한 셰키나가 언성을 높였다.

라그날드 역시 당장이라도 달려들고 싶은 것처럼 아렌트를 사납게 노려보기 시작했다.

그런 두 사람의 반응이 제법 마음에 드는지, 아렌트의 입가에 슬쩍 미소가 드리웠다.

"……."

그것을 알아본 르웰린이 아렌트를 붙잡고 있던 손을 슬그머니 놓고 멀찍이 떨어졌다.

마치 못 볼 꼴을 봤다는 태도였다.

"그쵸. 역시 셰키나 님, 사람 보시는 능력이 탁월하시네요."

아렌트가 웃음기를 섞어 짐짓 유쾌하게 대꾸했다.

그러자 셰키나의 고운 미간이 구겨졌다.

"빈정거리시는 겁니까?"

"아니요, 진심인데요."

그녀의 까칠한 물음에도 아렌트는 어깨를 으쓱일 뿐이었다.

기사단장들과 자카르는 이미 슬그머니 시선을 피하고 있었다.

괜히 휘말려서 복장 뒤집어지고 싶지 않다는 의사 표명이었다.

"이왕 먼 곳까지 오셨으니, 재미있는 구경도 한 번쯤은 하셔야죠."

주머니에 손을 찔러 넣은 아렌트가 덧붙였다.

"그거, 꼭 기억하고 계세요. 아렌트 폰 에크하르트는 건방지고 교만스러운 데다 아주 싸가지 없는 자식이라는 거요."

"도대체 그게 무슨……."

의미를 알 수 없는 말에 세키나는 불쾌해하던 것도 잊어버리고 곤혹스럽게 중얼거렸다.

하지만 아렌트는 더 이상 아무런 말도 하지 않았다.

노이만과 칸타레스의 적극적인 지원 덕분에 무대는 순조로이 준비되었다.

'그러니 이제는 공들여 불러 모은 관객들에게 선보이는 일만 남았지.'

대 영웅 서사의 프롤로그가 될 이번 연극의 주인공은 당연히 성검의 주인이자 장차 세상을 구할 영웅, 라이오스 드 윈프리드였다.

* * *

드디어 다가온 연회 날.

황궁은 그 여느 때와 비교도 할 수 없을 정도로 떠들썩해졌다.

평소 사치를 그리 즐기지 않는 황태자였지만, 이날만큼은 물자를 아끼지 않고 황궁을 최대한 화려하게 치장했다.

시종들은 정신없이 움직이며 최고급 요리를 날랐고, 눈이 부실 정도로 꾸며진 홀에는 아름다운 음악이 끊이지 않고 이어졌다.

황궁은 발 디딜 틈 없이 북적였다.

소문이 자자한 성검의 주인을 직접 두 눈으로 확인하기 위해 온 제국에서 손님들이 몰려든 탓이었다.

"라이오스 단장은 아직이신가?"

"바쁘신 분이니 당장 나오시기는 어렵지 않을까 하네."

평소 안면이 있던 이들끼리 삼삼오오 모여든 귀족들은 자연스레 최근 제국을 가장 떠들썩하게 한 두 사람에 관한 화제를 입에 올리기 시작했다.

"그 견습 기사도 라이오스 단장과 함께 오는 것인가? 에크하르트 백작가의 차남이라는."

"듣자 하니 백작가와는 완전히 절연했다더군. 아직 부상을 회복하지 못했다는 소문도 있던데. 전하께서 혜안이 있으신 게지. 석방된 직후 관찰 기간이었을 때부터 관심을 두셨다고 하더군."

"소문으론 성격이 좀 특이하다고는 하네만. 그건 사실

인가?"

달콤한 맛이 나는 술을 홀짝이며 란슬롯 공작은 주변 사람들의 대화에 귀를 기울였다.

'별로 바람직하지는 않군.'

성검이 움직였다는 것은 물론 좋은 일이었지만, 그 과정을 생각한다면 그저 기뻐만 할 수는 없는 공작이었다.

게다가……

"성격이 조금 특이하다니."

생각을 이어 가던 공작은 문득 옆에서 들려온 익숙한 목소리에 고개를 돌렸다.

어느새 다가온 헨리가 어이없다는 듯 중얼거리며 그의 곁에 서 있었다.

"조금 정도가 아닌데 말입니다."

"이게 누군가. 칸 연합의 연합장 아닌가."

란슬롯 공작이 반가운 미소를 지으며 아들을 맞이했다.

헨리의 곁에 선 아르크스 역시 공작에게 정중히 묵례했다.

"오랜만에 뵙습니다, 공작님."

"부연합장도 있군. 초대장이 발송되었다고는 들었네만, 연합을 비우기 쉽지 않았을 텐데. 잘 왔네."

다정한 미소를 띠며 공작이 아르크스에게 인사를 건넸다.

그러자 헨리가 옆에서 장난스럽게 덧붙였다.

"며칠 동안 자리를 비워도 문제없도록 출발 직전까지 무시무시하게 일에 매달리다 왔습니다. 아렌트 경이 걱정이라며 아르크스가 안절부절못해서요."

"허허, 그럴 만도 하지. 이해하네."

공작이 너털웃음을 터뜨렸다.

병상에서 일어난 지 얼마 안 된 아렌트를 만나러 바로 얼마 전 황궁을 방문했던 아르크스였다.

하지만 주변 사람의 극성스러운 반응에 스트레스가 극에 달한 아렌트에게 문전박대당하고서 다시 연합으로 돌아갈 수밖에 없었다.

란슬롯 공작은 그를 안쓰럽게 바라보았다.

"너무 걱정하지는 않아도 괜찮네. 얼마 전에 우연히 마주쳤는데 아주 날아다니더군. 황태자 전하의 골치도 잘 썩이며 말이지."

"······동생이 늘 신세를 지고 있습니다."

아르크스가 묵묵히 고개를 숙이자 공작이 손을 내저었다.

"내가 무슨. 지금 고생하는 사람은 자네들과 아렌트 경이지."

슬쩍 주변을 살핀 란슬롯 공작이 목소리를 살짝 죽여 두 사람에게만 들리도록 속삭였다.

"그리고 아렌트 경의 성질머리를 받아 내는 것은 황태자 전하와 라이오스 단장이니 말일세. 내게 아렌트 경이

신세 진 것은 없네. 솔직히 옆에서 지켜보고 있자면 즐겁거든. 휘말리게 된다면 또 골치 아프지만."

장난스러운 말에 그제야 아르크스의 얼굴에도 옅은 미소가 드리웠다.

"그렇군요. 그리 말씀해 주셔서 감사합니다."

"그나저나 오늘이 걱정입니다. 분위기가 생각보다도 이상하게 흘러가고 있는 듯하네요."

헨리가 주변을 둘러보며 근심스럽게 중얼거리자 란슬롯 공작이 지적했다.

"이상하게 흘러가는 게 아니다. 객관적으로 살폈을 때 이상한 쪽은 바로 우리들이지."

"예?"

뜻밖의 말에 두 청년이 란슬롯 공작에게 의아한 시선을 보냈다.

공작은 느긋한 어조로 답을 내주었다.

"잘 생각해 보려무나, 헨리. 그리고 아르크스 공자. 사실 해될 것은 아무것도 없네. 가문에서 신의 축복을 받은 자가 나왔다면 크게 기뻐할 일 아니겠는가. 신성 제국이라 불리는 칼리온에서 그보다도 더 영광스러운 일은 없을 테니까. 그러나……."

잠깐 뜸을 들이던 란슬롯 공작이 덧붙였다.

"우리는 아렌트 경과 라이오스 경이라는 사람을 아니까."

라이오스는 지나치게 자기 관리에 철저하고, 아렌트는 워낙 속을 읽어 내기 힘든 녀석이긴 했다.
 하지만 비교적 가까이에서 그들의 행보를 지켜봐 온 만큼, 두 사람이 원하는 게 이런 거창한 명예가 아니라는 것쯤은 자연스럽게 알 수 있었다.
 아버지의 말을 제대로 이해한 헨리가 쓴웃음을 지었다.
 "아렌트 경은 그냥 마음에 안 드는 것들을 눈앞에서 치우고 싶어 할 뿐이죠."
 신의나 대의를 위해서라는 것은 세상에서 아렌트와 가장 어울리지 않는 말이었다.
 란슬롯 공작이 맞장구쳤다.
 "그리고 라이오스 단장은 자신의 사람을 지키기 위해서라면 영웅이 되는 것도 마다하지 않는 사람일 뿐이지."
 분명 누군가는 감당해야 할 일이고, 만일 적임자가 있다면 그들뿐이었다.
 그러나 상황이 이렇게 되다 보니, 란슬롯 공작은 신의 뜻을 핑계로 젊은이들의 등을 떠밀어 전장으로 내몬다는 느낌을 지울 수가 없었다.
 '영웅이 탄생하는 과정을 지켜보게 된 것은 분명 행운이겠지만…….'
 란슬롯 공작은 가벼운 상념에 잠겼다.
 '처음부터 영웅으로 태어나는 자는 없다는 것인지, 아

니면 이조차도 신께서 안배하신 성장통인지.'

정답은 루체 신만이 알 터였다.

'사고뭉치 견습 기사가 듣는다면 아주 불쾌해할 일이긴 하지만.'

갑자기 란슬롯 공작이 침묵하자 헨리와 아르크스가 서로의 눈치를 살폈다.

그 기색을 알아차린 란슬롯 공작이 머쓱한 미소를 지었다.

"허허, 나도 나이가 든 모양이야. 쓸데없는 생각이 많아진 것을 보아하니, 더 많은 꼴을 보기 전에 일선에서 물러나는 것도 나쁘지 않겠군."

"황태자 전하와 폐하께서 들으신다면 매우 유감스러워하실 말씀이십니다, 아버지. 이런 상황에서 아버지께서 업무를 놓아 버리신다면 두 분의 일거리가 훨씬 더 많이 늘어나실 테니까요."

헨리가 분위기를 풀어 농담처럼 말을 던졌다.

공작 역시 너털웃음을 터뜨리며 고개를 끄덕였다.

"네 말도 옳구나. 그런 불충을 저지를 수는 없지."

그때, 입구가 다소 소란스러워지기 시작했다.

세 사람의 시선 역시 자연스럽게 연회장의 입구에 가닿았다.

웅성대는 사람들 사이로 황실 기사단을 상징하는 푸른 제복이 언뜻언뜻 보였다.

사람들이 그렇게나 목 빼고 기다리던 주인공 중 하나인 견습 기사가 등장하는 순간이었다.

"……그리고 이런 재미있는 구경을 놓치는 것도 아까운 일이니 말이다."

란슬롯 공작이 짐짓 가벼운 어조로 덧붙였다.

연회장에 나타난 리히트가 기사들에게 몇 가지 지시를 내렸다.

잠시 후, 명령을 받은 3기사단의 기사들이 저마다 정해진 구역으로 흩어졌다.

그 틈에는 물론 견습 기사 아렌트 역시 섞여 있었다.

란슬롯 공작은 아서의 옆에 선 아렌트를 가만히 주시했다.

차가운 듯, 무심한 표정은 늘 그렇듯 무슨 생각을 하는지 전혀 읽을 수 없었다.

'이 자리에 모인 이들이 뭘 원하는지 모를 리는 없을 테고.'

뚱한 얼굴을 잠깐 보던 란슬롯 공작은 그냥 웃어 버렸다.

지금은 골치 아픈 생각 따위는 접어 버리고, 저 고분고분하지 못한 견습 기사가 어떻게 나올지 기대하는 편이 좀 더 이득일 것 같았다.

* * *

"이러다가 얼굴에 구멍 날 것 같은데."

아서의 질린 목소리에 아렌트가 시큰둥하게 대답했다.

"선배 얼굴이야 썩 보기 좋은 것도 아니니 구멍 좀 나도 괜찮지 않아요?"

"너 진짜 맞고 싶냐? 그리고 나 말고 네 얼굴 말하는 거거든?"

홀에 들어서는 순간부터 전에 없이 뜨거운 시선들이 아렌트를 향해 쏟아지고 있었다.

아직까지는 서로 눈치를 보느라 차마 다가오지는 못하고 있었지만, 분위기가 더욱 무르익는다면 무슨 사달이 나도 전혀 이상하지 않을 것 같았다.

아렌트와 어울려 다니며 온갖 눈길을 받는 데에는 제법 익숙해진 아서였지만, 이번은 차원이 달랐다.

하지만 아렌트는 늘 그렇듯 천하태평이었다.

"잘생겼는데 뭐 어쩌겠어요."

아서는 모든 것을 포기해 버렸다.

"⋯⋯그냥 말을 말자."

지난 며칠 동안, 아렌트는 놀라울 정도로 얌전했다.

생활관 밖으로 잘 나가지도 않았고, 굳이 온갖 일에 끼어들려 하지도 않았다.

그저 황태자 전용 연무장을 오가며 렉시온과 함께 세일럼을 단련시키는 데에만 집중했을 뿐이었다.

'겉으로 보기에는 그랬는데 말이지.'

아렌트를 힐끗 보던 아서의 표정이 순식간에 떨떠름해

졌다.

이런 자리에서 아렌트와 함께 있자니 바로 옆에 화약고를 떠안은 기분이었다.

당연하다는 듯 아렌트와 한 조로 배치해 버린 리히트를 향한 원망이 슬그머니 고개를 들기 시작했다.

선배가 그러거나 말거나, 아렌트는 벌써부터 어디선가 챙겨 온 과자를 입에 쏙 넣고 있었다.

결국 아서는 참지 못하고 그에게 타박을 놓았다.

"넌 그게 입으로 들어가냐?"

"넵, 잘 들어갑니다. 목석처럼 서 있는다고 뭐가 해결되는 것도 아니잖아요."

아렌트가 어깨를 으쓱했다.

물론 오늘 떨어진 명령에는 언제나 그랬듯 술은 자제하되, 편하게 자리를 즐기라는 내용도 포함되어 있었다.

하지만 이런 가시방석인 상황에서 음식 같은 게 입에 들어갈 리가 없었다.

"어깨에 힘 좀 빼요. 어차피 조금만 있으면 다들 저 같은 건 안중에도 없어질 테니까."

느긋하게 말하는 아렌트를 향해 아서가 사납게 으르렁거렸다.

"네 눈은 장식이냐? 아까부터 사람들이 네 이야기만 하는 거 안 보여?"

"딱히 제 이야기만 하는 건 아닐걸요."

그렇게 대답하며 아렌트는 홀 입구 쪽으로 시선을 던졌다.

초대받은 귀빈들이 모두 입장하고 호위 역의 기사들까지 배치되었으니, 이제 슬슬 주인공이 등장할 차례였다.

아니나 다를까, 얼마 지나지 않아 닫혔던 문이 다시 천천히 열리기 시작했다.

사람들이 시선이 하나둘씩 문 쪽을 향해 모이기 시작했다.

새롭게 입장하는 이들이 누구인지 확인하기 위함이었다.

"선배도 잘 봐요."

아렌트가 짐짓 가벼운 어조로 툭 내뱉었다.

"저 정도는 되어야 주인공이라고 할 수 있는 거라고요."

"뭐?"

눈살을 찌푸린 아서가 아렌트를 다시 돌아보려는 찰나, 문이 완전히 열리고 누군가가 연회장에 발을 들였다.

저벅.

묵직한 발소리가 갑자기 고요해진 홀에 새겨졌다.

"……."

두런거리던 목소리가 뚝 끊겼다.

심지어는 연주에 몰두하던 연주자들조차도 잠깐 손을 멈출 정도였다.

호기심 어린 눈으로 아렌트를 주시하던 이들도, 아서와

마찬가지로 잔뜩 긴장한 채 신경을 곤두세우고 있던 기사들마저 한순간 얼어붙어 버린 것은 마찬가지였다.

"우선은 시각적인 부분부터 사로잡아야죠."

얼이 빠진 아서의 귓가에 아렌트의 만족스러운 목소리가 들려왔다.

아서는 저도 모르게 신음처럼 중얼거렸다.

"와 씨……."

라이오스에 대한 경외심 반, 동정심 반이 저절로 생겨나는 순간이었다.

평소와는 달리 화려한 예복을 차려입은 라이오스가 선두에 서서 당당히 연회장 안에 들어서고 있었다.

언제나 활동성을 중시해 편한 제복 차림을 고집하던 모습과는 완전히 딴판이었다.

평소의 흐트러진 앞머리를 정돈해 넘겨 올린 라이오스는 잘생긴 얼굴까지 더해져 그야말로 이 시대의 영웅, 성검의 주인다운 모습이었다.

그의 양옆에는 비슷하게 치장한 다이아나와 켄드릭, 그리고 각 엘프 왕국의 대표들과 르웰린이 나란히 걸어 들어왔다.

"……."

차마 아무런 말도 할 수 없었다.

타고나길 인간의 배로 아름다운 엘프들과 미소가 매력적인 르웰린, 그리고 당당하게 어깨를 편 기사단장들이 함께 입장하는 모습은 꼭 한 폭의 그림 같은 모습이었다.

모두가 넋이 나간 그때, 주변을 둘러보던 라이오스는 곧 아렌트를 발견했다.

그리고 아서는 보고야 말았다.

단장의 눈썹이 꿈틀 움직이는 것을.

"아."

아서의 입에서 짧은 탄성이 터져 나왔다.

푸른 눈동자에 약간의 원망과 체념이 한순간 스쳐 지나갔다.

저건 분명 속이 쓰려서 죽겠다는 표정이었다.

"딱 좋네요. 수컷 공작새 같고."

그러거나 말거나, 망할 견습 기사는 뿌듯하게 그딴 말이나 지껄일 뿐이었다.

* * *

마지막으로 황제와 황태자까지 입장해 착석한 뒤, 본격적인 연회가 시작되었다.

좀처럼 이런 자리에 나타나는 법이 없는 황제까지 모습을 드러내자 연회장은 한 번 더 소동에 휩싸였다.

황제가 간단한 축사를 건넨 뒤 귀족들의 알현이 끝나고 나서야 홀이 다소 안정되었다.

그제야 칸타레스는 라이오스와 잠깐 대화할 틈을 마련

할 수 있었다.
 샴페인 잔을 하나 받아 든 칸타레스가 슬그머니 라이오스의 곁에 다가갔다.
 "표정이 썩 좋지는 않은데, 라이오스 단장."
 "……괜찮습니다."
 별로 괜찮지 않은 얼굴로 라이오스가 그렇게 답했다.
 칸타레스는 그를 위로하듯 어깨를 한번 툭 쳐 주었다.
 "아주 멋지군. 성검의 주인다운 위엄이야."
 그러나 황태자의 눈동자에서는 장난기가 다분히 드러나고 있었다.
 잠시 입을 다물고 있던 라이오스가 다른 사람에게는 들리지 않게 작은 목소리로 중얼거렸다.
 "정말 이럴 때는 아렌트와 죽이 잘 맞으십니다."
 "그거 엄청난 악담이군."
 칸타레스가 키득키득 웃음을 터뜨렸다.
 "자리를 즐기도록. 누구 말대로, 오늘의 주인공은 자네니까."
 "하아……."
 대답 대신, 기사단장은 커다랗게 한숨을 내쉴 뿐이었다.
 한 번 더 라이오스의 어깨를 두드려 준 칸타레스는 자연스럽게 그에게 멀어져 다른 사람들 사이에 섞여 들었다.

"나 참."

지끈대는 이마를 짚은 라이오스는 시선을 들어 습관처럼 아렌트의 위치를 확인했다.

단장과 눈을 마주친 아렌트는 시선을 피하지도 않으며 '뭐 어쩌라고'라는 표정으로 그를 마주 보았다.

그 반반한 얼굴에 미묘한 만족감이 드리운 것을 지켜보자니 자꾸만 속이 쓰려 왔다

'그래도…… 일단 저 녀석의 의도는 잘 먹혀들었나.'

지금 이 순간, 견습 기사를 의미 있게 지켜보는 이들은 몇 없었다.

대부분이 라이오스와 엘프들에게 온통 신경이 쏠려 있는 탓이었다.

라이오스는 술로 바짝바짝 마르는 목을 축이며 어젯밤 일을 떠올렸다.

'지금 생각해도 황당하군.'

어제저녁, 아렌트와 친하게 지내는 어린 시종이 커다란 상자를 들고 라이오스의 집무실에 찾아왔다.

동그란 눈을 똘망똘망하게 뜬 시튼이 당당하게 외쳤다.

"아렌트 경께서 라이오스 단장님께 보내신 물건입니다!"

라고.

같은 생활관에 지내면서 굳이 시종을 시켜 물건을 보내

다니, 별일이라고 생각한 라이오스였다.

그리고 상자를 열어 번쩍번쩍한 예복을 확인한 순간, 그의 어처구니는 순식간에 하늘로 승천해 버렸다.

라이오스는 당장 아렌트를 호출했다.

제가 내키지 않는 이상 몇 번을 불러야 얼굴을 비출까 말까 하는 견습 기사는 어쩐 일인지 한 번 만에 모습을 드러냈다.

그러고는 뻔뻔하게도 이런 말을 지껄인 것이다.

"특별히 직접 준비한 겁니다. 설마 제 성의를 무시하지는 않으시겠죠?"

말하는 태도도 그랬지만, 일단 제 앞에 선 게 아렌트라는 점에서 성의니 뭐니 하는 말이 제대로 귀에 들어 올 리가 없었다.

듣자 하니 연회를 개최하기로 결정되자마자 노이만을 통해 소개받은 의상실에서 특별 주문을 넣었다고 했다.

연회 전날 밤에 의상이 도착하도록 미리 손을 쓴 건, 혹시라도 라이오스가 거부하지 못하게 하기 위해서였다.

그 치밀함에 라이오스는 그만 할 말을 잃어버리고 말았다.

'골치 아픈 녀석.'

편두통을 가라앉히기 위해 라이오스는 제 미간을 꾹꾹

눌렀다.

아렌트는 거기에서 그치지 않았다.

장신구도 어디에선가 잔뜩 공수해 온 아렌트는 연회 시간이 되기 직전까지 이것저것 참견해 대며 시종들을 부려 라이오스를 한껏 치장했다.

"아니, 그것보다 저쪽이 더 어울려. 목장식은 파란 보석이 달린 걸로 하고. 좀 과하다 싶을 정도로 화려해도 돼. 단장님은 액면가가 되니까."

팔짱을 낀 채 시종들에게 이런저런 지시를 내리는 꼴이 웃기지도 않았다.

다이아나와 켄드릭, 엘프들, 그리고 르웰린 역시 시종들의 손에 비슷한 꼴을 당하고 있었다는 건 두말할 것도 없었고.

심지어 예고 없이 들이닥친 르웰린의 의상까지 준비해 온 아렌트였다.

정말 무시무시한 집념과 행동력이었다.

'왕자님은 제법 즐기시는 것 같군.'

라이오스의 시선이 자연스레 르웰린을 향했다.

지나치게 자유분방한 성정인 르웰린 역시 이런 자리는 별로 좋아하지 않았다.

언제나 도망만 다니기 일쑤라고 했으니까.

그러나 지금의 르웰린은 점잖은 미소를 띠며 사람들과 대화를 나누는 중이었다.

짐작건대, 왕자는 아렌트의 꿍꿍이에 동참하게 된 것이 꽤 마음에 드는 모양이었다.
"하아……."
짧은 한숨을 내쉰 라이오스는 허리를 꼿꼿이 세우고 고개를 들었다.
주변에서 탄성을 터뜨리는 소리가 싫어도 생생하게 들려왔다.
다시 낯이 뜨거워지려 했지만 라이오스는 꿋꿋하게 버텨 냈다.
일이 이렇게 된 이상, 일단은 어울려 주는 수밖에 없었다.

* * *

"어때요?"
"……."
후배가 의기양양하게 말했지만 아서는 미처 아무런 말도 못 했다.
저런 번듯한 모습이 되기 위해서 라이오스가 얼마나 큰 고초를 겪었을지 두 눈에 생생했다.
"그, 폐하께도 설마……."
아서가 더듬더듬 묻는 말에 아렌트가 답을 내주었다.
"제가 직접 부탁드리진 않았어요. 아마 전하께서 살짝

언질드린 게 아닐까요?"

물론 이런 자리에 황제가 있는 건 전혀 이상한 일이 아니었다.

그러나 칸타레스에게 힘을 실어 주기 위해서라도 일찍 퇴장하곤 하는 황제의 성정을 생각하면, 자리가 무르익은 지금도 아직까지 자리를 지키고 있다는 것은 분명 특이한 일이었다.

"……무서운 자식."

아서의 질린 목소리를 배경 삼아, 아렌트는 느긋하게 주변을 감상했다.

'초호화 캐스팅이라는 게 이런 거지.'

제법 마음에 드는 광경이었다.

라이오스도 라이오스였지만, 엘프들도 그에 못지않게 큰 관심을 받고 있었다.

세일럼은 벌써 정령사라는 게 알려졌는지 질문 공세를 당하고 있었다.

자카르와 셰키나, 라그날드 역시 이런 자리가 낯선 듯했지만 르웰린의 도움으로 사람들 사이에 자연스레 섞여 들어 있었다.

르웰린 역시 특유의 입담으로 엘프들을 사람들에게 소개하며 사람들의 이목을 제대로 끌고 있었다.

'이 정도면 성공이군.'

성검의 영웅과 얼마 전 전장에서 승전보를 울린 기사단

장들.

그리고 엘프와 우호국의 인기 많은 왕자까지.

게다가 좀처럼 알현하기 힘든 황제까지 자리를 지키고 있으니, 견습 기사 따위에게 한눈을 팔 사람은 그다지 많지 않을 것이다.

"……하지만 이게 언제까지 통할지는 모르겠는데."

아렌트와 같은 광경을 지켜보던 아서가 떨떠름하게 중얼거렸다.

아렌트는 가볍게 고개를 끄덕여 주었다.

"물론 그렇겠죠. 이제부터 시작일 뿐이니까요."

"그렇게 말할 거라고 예상했어."

아서의 날카로운 시선이 좌중을 훑었다.

정신이 아찔해질 정도로 호화로운 면면들이 사방에 널려 있었지만 여전히 아렌트 쪽을 힐끔대는 사람들이 몇 있었다.

시간이 지날수록 저런 사람은 더욱 늘어날 터였다.

눈동자만 데굴 굴린 아서가 다시 아렌트를 보았다.

"무슨 꿍꿍이인지는 모르겠지만, 적당히 해라."

"글쎄요, 어떻게 되려나."

의미 있게 중얼거리는 견습 기사의 눈에 한순간 이채가 감돌았다.

저 상태의 아렌트를 말리는 건 불가능했다.

애초에, 지금 와서는 별로 말리고 싶지도 않았고.

아서도 그냥 웃어 버렸다.
"그래, 너 알아서 해라."

* * *

그레이엄 백작은 아주 흡족한 하루를 보내고 있었다.
황태자가 주최하는 연회에 초대를 받은 데다, 무려 라이오스 드 윈프리드와 직접 대화를 나누는 영광까지 누릴 수 있었던 것이다.
"폐하께서는 든든하시겠습니다. 라이오스 단장님께서 루체 님의 이름으로 제국을 수호하시니 저 역시 아무런 걱정 없습니다."
"과찬이십니다. 보여 주신 신뢰에 부끄럽지 않도록 하겠습니다."
라이오스의 단정한 대답에 그레이엄 백작은 속으로 연신 감탄을 터뜨렸다.
'과연 영웅의 귀감이다.'
흠잡을 곳 없는 외모와 위엄 넘치는 모습, 그리고 끝까지 겸손함을 잃어버리지 않는 태도는 저절로 경외심이 들 정도였다.
그레이엄 백작의 행운은 거기에서 끝나지 않았다.
라이오스의 어깨 너머로 그가 만나길 바라 마지않던 또 다른 한 사람을 찾아낸 거였다.

"아……!"

그레이엄 백작의 입에서 반가운 탄성이 터져 나왔다.

"라이오스 단장님, 혹시 저분이 아렌트 경이십니까?"

"예?"

라이오스는 그가 보는 쪽을 따라서 고개를 돌렸다.

그러고는 곧 란슬롯 공작 일행과 대화를 나누는 중인 아렌트를 발견했다.

순식간에 단장의 낯에 불편한 기색이 드리웠다.

"……예, 그렇습니다."

그러나 백작은 그것을 미처 눈치채지 못했다.

"과연. 한눈에 알아볼 수 있겠군요. 루체 님의 은총을 받으신 분답습니다."

백작의 입에서 순수한 감탄이 흘러나왔다.

엘프들 사이에서도 뒤지지 않는 외모는 아무리 주변을 화려하게 장식해도 눈에 띄었다.

라이오스의 심기가 조금 더 불편해졌지만, 백작은 여전히 알아차리지 못했다.

"듣던 대로 수려하신 분이군요. 아직 어리신데도 대단하신 분입니다."

그때, 멀리서 눈치만 보던 한 사람이 슬그머니 아렌트에게 다가가 말을 거는 것이 보였다.

갑작스러운 불청객에 아렌트가 눈살을 찌푸리며 뒤로 한 걸음 물러섰다.

"아렌트 경은 사람을 그리 좋아하는 편이 아니신 듯하군요."

같은 장면을 본 백작이 눈을 동그랗게 떴다.

"아마도 그럴 겁니다."

라이오스는 그리 답을 내주었다.

마냥 사람을 싫어한다 말할 수는 없었지만, 일단 지금은 아렌트가 그리 보이길 원하는 것 같았으니까.

처음 용기를 낸 사람을 시작으로, 아렌트의 곁에 하나둘 사람들이 모여들기 시작했다.

그들 중 한 명을 알아본 그레이엄 백작이 짧은 탄성을 터뜨렸다.

"아, 클리프 후작님께서도 계시는군요. 라이오스 단장님과 아렌트 경을 위한 신전을 짓고 싶다 하셨는데, 안타깝게도 대신전에서 불허하셨다 합니다."

"저분이십니까?"

아렌트의 마지막 인내심을 바닥나게 한 사람이.

라이오스는 뒷말을 생략했다.

"그렇습니다. 아주 독실하신 데다 인품도 대단하신 분입니다."

그레이엄 백작이 자랑하듯이 말했다.

"후작님께서도 저처럼 운이 좋으시군요. 이번 연회는 초대장을 얻기가 참 힘든 자리였는데 말입니다."

"그랬습니까?"

"예, 당연한 일이지요. 이런 자리에 빠지고 싶은 사람이 몇이나 있겠습니까?"

뿌듯한 백작의 말에 라이오스가 의미 있게 고개를 끄덕였다.

"그러셨군요. 그것참, 다행입니다."

"이런, 바쁘신 분을 너무 오래 붙잡아 뒀군요. 저도 이만 가 보겠습니다. 만나 뵙게 되어서 아주 영광이었습니다, 라이오스 단장."

퍼뜩 정신을 차린 백작이 서둘러 라이오스에게 꾸벅 고개를 숙였다.

"언젠가 기회가 된다면 꼭 대접하고 싶습니다."

"호의 감사드립니다. 대화 즐거웠습니다."

라이오스가 인사를 받아 주자 백작은 곧장 몸을 돌려 종종걸음을 치기 시작했다.

그의 발걸음이 향한 곳은 당연히 아렌트가 있는 곳이었다.

"제 발로 사지에 걸어 들어간다는 게 바로 저런 건가?"

곁에서 상황을 지켜보던 다이아나가 피식 웃으며 말을 걸어왔다.

켄드릭 역시 슬그머니 다가왔다.

"제법 볼 만한 구경거리가 생길 것 같지 않나? 폐하께서도 기대하시는 것 같은데."

라이오스가 떨떠름하게 대답했다.

"솔직히 좋은 예감은 들지 않습니다."

세 단장의 시선이 아렌트 쪽으로 향했다.

연회를 즐기던 다른 이들 역시 아닌 척하면서 견습 기사를 향해 주의를 기울이고 있었다.

어느새 헨리와 아르크스, 란슬롯 공작은 슬그머니 뒤로 빠지고, 아렌트는 처음 보는 귀족들에게 둘러싸인 형세가 되어 있었다.

단장들은 기대 반, 걱정 반으로 그쪽을 향해 신경을 곤두세웠다.

그리고 잠시 후.

"뭘 기대하신 겁니까?"

유난히도 귀에 잘 들어오는 견습 기사의 까칠한 한마디가 소란스러운 연회장을 꿰뚫었다.

"……."

순간 싸한 침묵이 흘렀다.

다른 곳에 정신이 팔려 있던 이들조차 놀란 얼굴로 그쪽을 돌아볼 정도였다.

라이오스가 이마를 짚고, 다이아나가 고개를 내저었다. 그리고 켄드릭이 너털웃음을 터뜨렸다.

"시작됐군."

탁!

매섭게 쳐 내진 손이 허공에서 뻣뻣하게 굳었다.

영웅을 구해 낸 대견한 견습 기사의 어깨를 두드려 주

려던 클리프 후작은 그대로 얼어붙어 버렸다.
"어디서 함부로 손을 대십니까? 지저분하게."
그의 당혹감을 모를 리 없으면서도, 아렌트는 싸늘하게 말하며 클리프 후작의 손이 닿았던 곳을 툭툭 털어 냈다.
마치 오물이라도 묻었다는 것 같은 태도였다.
당황해 한참 동안 굳어 있던 후작이 애써 미소 지었다.
"그…… 미안하군. 내가 실례를 저질렀어. 함부로 몸에 손을 대면 불쾌할 수밖에 없지."
"아시니 다행입니다."
그러나 뒤이어진 견습 기사의 대꾸에 후작의 눈썹이 결국 꿈틀거리고 말았다.
곁에서 지켜보던 다른 이들 역시 마찬가지였다.
"과연 성정이 예민하다더니……."
누군가가 저도 모르게 신음처럼 중얼거렸다.
과연 외모만큼이나 성격도 명불허전이었다.
"기분 풀게, 아렌트 경. 그저 훌륭한 일을 한 그대와 잠깐 담소라도 나눠 보고 싶었을 뿐이라네."
이번에는 그레이엄 백작이 마치 어린애 달래는 것 같은 어조로 말하며 가까이 다가섰다.
서슴없이 다가가던 후작보다는 훨씬 조심스러운 태도였다.
"담소요? 왜요?"
하지만 그 역시 좋은 대답을 들을 수는 없었다.

"저 아십니까? 저희는 초면인 것 같습니다만."

"……."

"담소를 나누고 싶으셨던 거면, 우선 자기소개부터 하시는 것이 예의 아닙니까? 다짜고짜 말을 걸어오는 것이 아니라요."

그렇게 말하며 황금색 눈동자를 찬찬히 아래위로 훑어보는 꼴이 누가 봐도 싸가지 없었다.

자신의 반도 살지 않은 어린애의 건방진 행태에 자연스레 그레이엄 백작의 미소 역시 뻣뻣해질 수밖에 없었다.

하지만 그는 어른다운 인내를 발휘했다.

"……그렇군. 미안하네. 젊은 나이에 큰일을 겪었으니 당연히 과민할 수밖에 없지."

그제야 다른 이들의 눈에도 이해심이 깃들었다.

연이어진 싸움 때문에 타인을 경계한다고 여기는 것이다.

그레이엄 백작이 누그러진 어조로 인사를 건넸다.

"나는 랜튼 폰 그레이엄이라고 하네. 황궁에서 멀지 않은 곳에서 영지를 운영하며 사업을 진행 중이지. 만나서 반갑네, 아렌트 경."

"예에, 뭐."

아렌트는 썩 개운치 않은 얼굴로 고개를 비스듬히 까닥였다.

백작은 약간의 인내심을 가지고 기다렸지만 그 이상의

말은 돌아오지 않았다.

결국 그가 떨떠름하게 물었다.

"……그게 단가?"

"그렇습니다만. 뭐 다른 말이 필요합니까?"

이제 그레이엄 백작도 표정 관리를 할 수 없게 되었다. 아렌트를 둘러싼 다른 귀족들 역시 마찬가지였다.

때아닌 실랑이에 조금 떨어진 곳에 있던 이들 역시 하나둘씩 이쪽을 향해 시선을 던지기 시작했다.

"그런 식의 행동은 예의가 아니라네, 아렌트 경. 명민한 자네라면 내가 무슨 말을 하는지 쉽게 이해하겠지."

사람들의 눈을 의식한 클리프 후작이 인내심을 발휘해 정중히 지적했다.

하지만 아렌트는 호락호락하지 않았다.

"그러면 뭐, 저도 만나서 반갑습니다…… 이런 답이라도 드려야 하나요? 유감스럽게도 저는 빈말을 잘 못해서, 별로 죄송하진 않습니다."

표정 하나 변하지 않고 그런 말을 지껄이는 견습 기사에 사람들은 다시금 할 말을 잃어버리고 말았다.

"듣자 하니 저에 대해서 잘 아시는 것처럼 말씀하십니다만. 혹시 그런 소문은 못 들으셨습니까?"

거기에 한술 더 떠, 아렌트는 시큰둥하게 덧붙였다.

"큰일을 겪고 자시고, 원래 성질머리가 이 모양이라고."

"······."

아렌트는 조금 흡족해졌다.

입을 쩍 벌린 채 얼어붙어 버린 꼴들이 제법 만족스러운 반응들이었다.

그저 조금 까칠하고 건방진 정도를 상상하고 함부로 다가선 이들에게는 딱 맞는 처방이었던 듯했다.

'시선은 충분히 모인 것 같고.'

이제 슬슬 첫 번째 쐐기를 박을 때였다.

은총 입은 자의 실체를 마주하고 충격받은 이들을 향해 아렌트는 슬쩍 입꼬리를 휘어 주었다.

"보아하니 상당히 실망하신 것 같은데······."

그리고 건방지기 짝이 없는 눈빛에 자세는 조금 더 비스듬히, 목소리 톤은 조금 키우고.

"뭘 기대하신 겁니까?"

마지막으로 모두가 들을 수 있도록 노골적인 비웃음을 터뜨리면 완벽했다.

"······."

소란스럽던 연회장이 얼음물이라도 끼얹은 것처럼 조용해졌다.

모두가 아닌 척 이쪽 대화에 귀를 기울이고 있었다는 뜻이었다.

아렌트는 경악한 시선들을 한 몸에 받으며 뭐 문제 있냐는 듯한 뻔뻔한 눈으로 자신을 둘러싼 이들을 마주 보앉다.

처음 말을 꺼냈던 클리프 후작과 그레이엄 백작은 아예 서리 어린 손길에 당하기라도 한 것처럼 뻣뻣하게 얼어붙어 버렸다.

"허허…… 그래도 자리는 좀 가려 주었으면 좋겠건만."

주변에서 조용히 지켜만 보던 란슬롯 공작이 조용히 끼어들었다.

그리고 멀지 않은 곳에서 아서 역시 투덜거리듯이 한마디를 얹었다.

"하여튼 한결같은 놈 같으니라고."

얼핏 아렌트를 탓하는 것 같은 말이었지만 실상은 조금 달랐다.

자신이 원래 그런 놈이라는 아렌트의 주장에 힘을 실어 준 거였다.

그제야 멍하니 있던 클리프 후작이 퍼뜩 정신을 차렸다.

"아니…… 그래, 아렌트 경. 경의 성격에 관한 소문은 종종 전해 듣긴 했네. 많이 거친, 그러니까…… 괴짜라고 말이지."

당황한 나머지 클리프 후작은 자신이 횡설수설하고 있다는 것도 눈치채지 못했다.

아렌트가 친절하게 지적했다.

"굳이 포장하지 마시고, 그냥 성격이 개차반이라고 말

쓸하셔도 괜찮습니다. 워낙 자주 듣는 말이라."

"그래, 성격이 개차반…… 아니! 아니, 그게 아니라!"

무심코 그의 말을 따라 하던 클리프 후작이 기겁하며 말을 고쳤다.

"내가 말하고 싶은 건 그게 아니고, 그러니까……."

"아닌 게 아니신 것 같습니다만, 후작님. 표정 관리에 별로 능숙하지 못하신 것 같습니다. 아 참, 그렇지."

차마 말을 잇지 못하는 그의 말허리를 잘라 버린 아렌트가 천연덕스레 말을 이었다.

"그러고 보니 후작님께서 저를 위한 기도실을 만드시겠다고 대신전에 제안하셨다고 들었습니다."

무표정으로 말하며 아렌트가 보란 듯이 어깨를 으쓱해 보였다.

"직접 보시니 어떠십니까? 처음 들었을 때는 좀 기가 막히긴 했습니다만, 이해는 해 드리겠습니다. 제가 그만큼 잘났으니 어쩌겠어요."

"……."

클리프 후작의 얼굴이 사색이 되었다.

상상과는 너무 다른 현실에 뇌가 멈춰 버린 것이다.

루체를 모시는 천사 같은 외모를 가진 주제에 쏟아 내는 말들은 악귀가 들리기라도 한 것 같았다.

완전히 넋을 놓아 버린 클리프 후작을 대신해 그레이엄 백작이 앞으로 나섰다.

"아렌트 경, 경이 대단하다는 것은 익히 들어 알고 있으나 지나치게 예의가 없군."

이런 와중에도 백작은 어떻게든 침착을 유지하려 애쓰고 있었다.

그는 마치 훈계하는 것처럼 엄하게 말을 이었다.

"경의 공적은 모두가 다 아는 사실일세. 그러나 이런 식의 언행은 루체 님께 부끄러운 일밖에 되지 않네."

그러나 그레이엄 백작이 고른 화제 역시 썩 바람직한 것은 아니었다.

"이런."

누군가가 짧게 탄식을 터뜨렸다.

란슬롯 공작과 함께 있던 헨리였다.

"루체 님이요?"

아니나 다를까, 아렌트의 눈동자에 묘한 빛이 돌았다.

그것을 어떻게 받아들였는지, 신앙심 깊은 클리프 후작이 퍼뜩 정신을 차리고 허겁지겁 말을 이었다.

"그, 그러네. 자네도 이번에 루체 님의 가호를 경험하지 않았는가. 자네와 라이오스 단장이 무사히 살아남은 것은 오롯이 루체 님의 은혜 덕분이라고 들었네. 자네 역시 잘 알 것 아닌가."

그의 말이 이어질수록 헨리와 아르크스의 얼굴에 낭패가 서렸다.

혹시나 상황이 과열되면 끼어들기 위해 근처에서 대기

중이던 아서 역시 슬그머니 그들을 외면해 버렸다.

"흐음."

아렌트가 시큰둥한 소리를 내며 고개를 기울였다.

"그러니까 루체 님께 감사함을 가지고 겸허하게 살라, 뭐 그런 말씀이시죠?"

"그, 그렇지. 역시나 명민하군. 아렌트 경이라면 쉽게 이해할 줄 알았네. 자네도 루체 님의 사랑을 체감했을 것 아닌가."

혹시나 아렌트의 마음이 바뀌기라도 할세라, 클리프 후작이 크게 고개를 끄덕였다.

한동안 그를 멀뚱멀뚱 바라보던 아렌트가 툭 내뱉었다.

"내가 왜요? 내가 잘났을 뿐인데 왜 신한테 감사하지?"

"……."

클리프 후작과 그레이엄 백작이 입을 쩍 벌렸다.

아렌트는 주머니에 손을 찔러 넣고 뻔뻔하게 말을 이었다.

"그죠, 공적. 많이 세웠죠. 근데 그건 다 제가 잘난 탓이지, 딱히 신인지 뭔지가 도와주신 것 같지는 않거든요. 방해했으면 했지. 그런데 감사를 하라고요? 제가 왜요?"

아렌트의 어조에서 점점 노골적인 짜증이 배어 나오기 시작했다.

"루체 님이 그렇게 잘나신 분이라면 빌어 처먹을 적들

부터 쓸어버리라 그래요. 괜히 남 죽을 고생시키지 말고."

상상을 초월하는 신성 모독이었다.

한참 동안 넋을 잃어버린 채 얼어 있던 클리프 후작이 간신히 더듬더듬 말했다.

"하지만…… 하지만 자네는 은총을……."

"은총 좋아하시네. 방금 말했을 텐데요. 그런 게 있었다면 애초에 그런 꼴을 당하게 하지 말았어야 합니다."

하지만 아렌트는 그의 말허리를 칼같이 잘라 내 버렸다.

"모든 사람을 사랑으로 자애롭게 보살핀다고요? 애정하는 상대를 개고생시키는 게 루체 님이 사랑하는 방식인가 보죠? 그런 게 좋으시면 여러분이나 실컷 받으시죠. 전 그런 취미 없습니다."

어느 순간부터 홀 안에 있는 모든 사람들이 아렌트와 후작 일행이 벌이는 웃기지도 않은 촌극을 얼빠진 눈으로 지켜보고 있었다.

"누구 때문에 죽다 살아났는데, 목숨줄 붙여 주는 것 정도야 당연히 해 주셔야죠. 후작님이랑 백작님은 피해 보상이란 말을 모르십니까?"

주춤주춤 눈치를 살피던 연주자들이 음악을 멈췄다.

더 이상 여유롭게 연주나 할 때가 아니라는 것을 깨달은 것이다.

음악마저 멈추고 정적이 진득하게 내려앉은 홀에, 유난히도 귀에 잘 들리는 견습 기사의 미성만이 또렷하게 울려 퍼졌다.

"지금 이 기회에 잘 알아 두세요. 저는 신 같은 건 믿지 않습니다. 제가 신뢰하는 것은 딱 두 가지……."

오만방자한 황금색 눈동자가 클리프 후작과 그레이엄 백작을 고스란히 담아냈다.

"저 자신과."

마치 그 시선에 얽매인 것처럼, 두 사람은 미처 숨소리조차 내지 못했다.

다른 이들 역시 마찬가지였다.

관객들은 잔뜩 숨을 죽인 채 온 신경을 곤두세우고 뒤이어질 대사만을 기다리고 있었다.

고조된 긴장감을 한껏 만끽하며, 아렌트는 드디어 준비한 마지막 대사를 꺼냈다.

"라이오스 단장님뿐입니다."

"푸흡!"

마침 타는 목을 축이려던 라이오스가 입에 들어갔던 술을 그대로 뿜어냈다.

"큽, 콜록. 콜록!"

라이오스가 미친 듯이 기침을 토해 냈다.

멋지게 차려입은 3기사단의 단장이 턱 아래로 술을 줄줄 볼썽사납게 흘려 대고 있었지만, 다이아나와 켄드릭은 미처 그것을 수습해 줄 생각도 하지 못했다.

"……."

심지어는 숨죽인 채 상황을 지켜보던 황태자와 기사들, 그리고 엘프들마저 소리 없이 경악했다.

"진짜 미치겠네."

잔뜩 긴장한 채 그 모습을 바라보던 르웰린이 저도 모르게 그리 중얼거렸다.

아렌트라는 인간에 대해 잘 알고 있는 모두의 심정을 대변하는 한마디였다.

견습 기사의 당당한 선언이 홀을 가득 메웠다.

모두가 아연실색한 이 순간, 태연한 사람은 딱 한 명.

아렌트뿐이었다.

"안목 없는 루체 님조차도 인정할 수밖에 없는 영웅이 바로 라이오스 드 윈프리드 단장님이시죠. 제가 목숨을 걸었던 건 단장님을 위해서지, 신 때문이 아닙니다."

조용해진 홀에 아렌트의 시큰둥한 목소리가 이어졌다.

가장 상석에 앉아 구경하던 황제가 급하게 입을 가렸다.

터져 나오는 웃음을 어떻게든 억누르기 위해서였다.

켄드릭 역시 아득하게 읊조렸다.

"라이오스 경, 자네 아렌트 경에게 무슨 실수라도 했나?"

"……."

라이오스는 차마 대답하지 못했다.

잘못은 분명 많이 했던 것 같다.

그렇다면 이것은 아렌트 식의 복수인 것인가.

답지 않게 피해 다니며 시간을 질질 끈 업보가 이런 식으로 돌아오는 걸지도 몰랐다.

단장이 죽어 가든 말든, 아렌트는 당당하게 말을 이어 갔다.

"제 은인이신 라이오스 단장을 위해서 일하는 건데, 그깟 신의 이름을 끼워 넣지 마시죠. 굉장히 불쾌합니다. 무려 라이오스 단장님은……."

아렌트는 천천히 주변을 훑어보는 척하며, 이 순간 가장 상황 파악을 잘 해낸 사람을 찾아냈다.

그와 시선이 마주친 아서가 움찔했다.

아렌트는 그에게 의미 있는 눈짓을 보냈다.

"……!"

뭔가를 깨달은 아서가 후다닥 라이오스에게 달려갔다.

그것을 확인한 아렌트가 느긋하게 대사를 이어 갔다.

"제 생명을 구해 주신 분이시니까요."

"……."

아렌트가 그토록 질색하는 루체 신에게 맹세컨대, 단 한 번도 그런 적 없었다.

오히려 라이오스를 구하다가 죽을 지경에 처했던 쪽은 아렌트였다.

이 자리에서 그 사실을 모르는 사람은 단 한 명도 없었다.

"그, 그랬나?"

"제가 사형당하는 것을 막아 주셨으니, 저 역시 단장님을 위해 목숨을 거는 게 당연합니다."

그레이엄 백작이 얼떨떨하게 묻자 아렌트가 천연덕스럽게 대답했다.

신이 멋대로 대본에 끼워 넣은 배역이 마음에 들지 않는다면, 스스로 자신의 자리를 찾으면 된다.

이게 바로 아렌트가 선택한 전법이자 그가 새롭게 만들어 낸 대본이었다.

신의 사자보다야 단장에게 충성하는 망나니 견습 기사라는 배역이 훨씬 나으니까.

"……."

양심의 가책으로 인한 속쓰림 때문에 라이오스의 얼굴은 더욱 사색이 되어만 갔다.

멍하니 지켜보던 칸타레스가 기가 막혀 중얼거렸다.

"저거 일부러 저러는 거지? 라이오스 단장 엿 먹이려고."

"아마도…… 그런 것 같습니다."

제레온이 어색하게 대답했다.

얼마 전, 연회를 열자는 제안을 하러 왔던 아렌트가 했던 말이 떠올랐다.

당시 아렌트는 라이오스를 방패 삼겠다 선언했었다.

칸타레스와 제레온은 이제야 그 말을 이해할 수 있었다.

"진짜 여러모로 대단한 새끼."

칸타레스가 욕을 섞어 감탄을 터뜨렸다.

이제 어지간한 일로는 놀라지도 않을 자신이 있었건만, 아무래도 오만이었던 듯했다.

뭘 예상하든 아렌트는 언제나 상상을 초월하는 결과물을 내어놓고는 하니까.

"일단…… 효과는 확실한 것 같습니다만."

이런 와중에도 차분히 상황을 살핀 제레온이 그렇게 첨언했다.

정신 나간 견습 기사의 연이어진 신성 모독에 모두 혼미해져 가던 찰나, 저딴 놈도 부하라고 책임져야 하는 라이오스를 향한 존경심이 샘솟는 것은 당연한 결과였다.

라이오스를 아주 효과적으로 괴롭힐 수 있다는 것은 덤이었고.

"악신이든 루체 신이든 상관없습니다. 단지 저는 라이오스 단장님을 따를 뿐이니까요. 단장님이야말로 모든 기사의 귀감이며, 모두가 마땅히 본받아야 할 분이니까요."

입에 기름칠이라도 한 것처럼 아렌트는 줄줄 말을 이어갔다.

차마 다른 사람들이 말을 끊거나 끼어들 엄두도 내지 못할 정도였다.

듣다 못한 다이아나가 꺼림칙하게 중얼거렸다.

"나까지 속이 안 좋아지려 하는데."

물론 기사단장으로서 부하에게 신뢰받는다면 그것보다 뿌듯한 일이 없겠으나, 발화자가 아렌트라는 게 심각한 문제였다.

"세상에서 가장 단단한 방패이자 날카로운 검이시고, 언제나 옳은 방향으로 길을 개척하시며 두려움을 모르시는 라이오스 단장님이야말로 진정 믿고 따를 수 있는 분이시죠."

삐딱하게 팔짱을 낀 아렌트는 자신 앞에 얼어 버린 이들을 보며 덧붙였다.

"그저 구경만 하는 루체 님께 기도할 바에야, 라이오스 단장님을 위해 일하는 것이 훨씬 더 보람 있는 일입니다."

최근 연이어진 자괴감까지 더해, 라이오스는 진심으로 죽고 싶어졌다.

하지만 차마 그럴 수는 없으니 양손에 얼굴을 파묻고 현장을 외면해 버리는 쪽을 선택했다.

그때, 구원의 손길이 급하게 다가와 라이오스의 옷깃을 잡아당겼다.

"단장님, 단장님. 잠깐만 귀 좀."

아서였다.

라이오스가 고개를 들기가 무섭게, 아서는 그의 귓가에 뭐라 속삭였다.

잠시 후, 라이오스의 얼굴이 더욱 파리하게 질렸다.

그러는 와중에도 아렌트는 계속해서 주절대고 있었다.

"아시겠습니까? 지금까지 그랬고, 앞으로도 저는 신에게 기도할 마음은 조금도 없습니다. 은총이니 뭐니 하는 건 제 알 바 아닙니다."

하지만 다행히도 그의 말은 끝까지 이어지지 못했다.

"기도하는 게 그렇게 좋으시면 여러분이나 실컷……."

퍽!

감정을 약간 실은 주먹이 아렌트의 뒤통수를 후려친 것이다.

"윽!"

"거기까지만 해라, 제발 부탁이니까."

목소리를 잔뜩 낮춰 으르렁거린 라이오스는 얻어맞은 곳을 감싸 쥔 아렌트의 뒷덜미를 붙잡아 자신의 뒤로 물러서게 했다.

"죄송합니다. 이 녀석이 말버릇이 나빠서. 조만간 다시 교육시키겠습니다."

완전히 넋을 잃었던 클리프 후작이 퍼뜩 정신을 차렸다.

"라, 라이오스 단장님 아니십니까."

"재차 사죄드리겠습니다. 제 가르침이 부족한 탓이니 부디 너무 마음에 두지 않으셨으면 합니다."

"제가 뭘 어쨌다고요. 저는 그저 사실을 말씀드렸을 뿐입니다."

뒤에서 아렌트가 쫑알거리자 라이오스가 짜증스럽게 쏘아붙였다.

"넌 조용히 해라."

"쳇…… 알겠습니다."

아렌트는 불만스러운 표정을 지으면서도 그의 말대로 얌전히 입을 다물었다.

"……."

평소에는 절대로 볼 수 없는 고분고분한 모습에 라이오스는 금방이라도 위장에 구멍이 뚫릴 것 같은 속쓰림을 느꼈다.

그러나 클리프 후작을 포함한 귀족들의 눈에 비친 것은 조금 다른 모습이었다.

새삼 가까이에서 본 라이오스는 누구나 시선을 빼앗길 수밖에 없는 위엄이 흐르고 있었다.

평소와는 달리 화려하게 차려입은 예복 덕분에 잘생긴 얼굴이 더욱 돋보였다.

게다가 개망나니 같은 견습 기사를 단번에 제압하는 모습까지 더해졌으니, 사람들의 존경심을 움직이기에 충분했다.

그 모든 것이 아렌트의 작품이었지만 이들이 그런 사정을 알 리가 없었다.

"허허, 라이오스 단장이 언제나 고생이 많군."

분위기가 적당히 풀어지기 시작한 것을 확인한 란슬롯 공작이 너털웃음을 터뜨렸다.

그 적절한 한마디로 귀족들의 봉인이 슬슬 풀리기 시작했다.

"허, 허허…… 아닙니다. 괜찮습니다. 아렌트 경은 아직 어리니 그러실 수도 있지요."

그레이엄 백작이 식은땀을 닦으며 미소 지었다.

클리프 후작 역시 어색하게 웃는 얼굴로 연신 고개를 끄덕였다.

"이해할 수 있습니다. 너무 나무라지는 마십시오. 아렌트 경이 진심으로 라이오스 단장님을 존경하는 모양입니다."

자연스레 사람들의 관심이 아렌트에게서 라이오스로 옮겨졌다.

찬물을 끼얹은 것처럼 싸늘해졌던 공기가 다시금 달아오르기 시작했다.

"그러고 보니 아까 제대로 인사를 못 드렸습니다, 라이오스 단장님. 제가 바로 클리프 후작가의 가주입니다."

"예, 예에. 만나 뵙게 되어 반갑습니다."

클리프 후작이 호인 같은 미소를 지으며 손을 내밀어

오자, 라이오스는 얼떨결에 악수를 나누며 인사를 건넸다.

"과연 라이오스 단장님. 인품이 대단하십니다."

"정말 말씀대로입니다. 소문이 과장된 것 하나 없군요."

그것을 시작으로, 라이오스는 눈 깜짝할 새 아렌트를 대신해서 사람들 사이에 포위된 꼴이 되어 버렸다.

하지만 여기서부터는 아렌트가 알 바 아니었다.

아까보다 더욱 몰려든 인파 사이에서 슬그머니 몸을 뺀 아렌트는 아서를 향해 다시 시선을 주었다.

후배와 눈을 마주친 아서가 어깨를 으쓱했다.

자신은 자신의 몫을 충분히 했다는 뜻이었다.

아렌트는 그를 향해 조용히 엄지를 세워 주었다.

그 꼴을 본 다이아나와 켄드릭은 그저 어이없이 웃음을 터뜨릴 수밖에 없었다.

　　　　　＊　＊　＊

"그래서, 아서 경은 라이오스 단장한테 뭐라고 말한 건데?"

연회가 끝난 다음 날.

심심하다며 생활관까지 찾아온 르웰린이 제일 먼저 꺼낸 물음이었다.

아렌트는 책에서 시선도 떼지 않고 시큰둥하게 되물었다.

"뭐가?"

"아서 경이 너한테 신호 받고 라이오스 단장한테 간 거잖아. 그 뒤에 라이오스 단장이 갑자기 끼어든 거고."

"그걸 또 보고 있었어?"

역시 르웰린의 눈썰미도 만만하게 볼 게 아니었다.

잠깐 뜸을 들이던 아렌트가 아서의 어조를 흉내 냈다.

"저 새끼, 단장님이 말리시기 전까지 계속 이런 식으로 떠들어 댈 겁니다. 그러니까 최대한 빨리 개입하시는 편이 좋을 듯합니다…… 라고 했다던데."

"진짜 그럴 생각이었냐?"

"어."

담백한 대답이 돌아오자 르웰린이 질린 표정을 지었다.

"진짜 무서운 놈……."

오늘은 대신전에서 성검 수여식이 열리는 날이었다.

황태자와 기사단을 비롯한 주요 인원들이 대신전으로 향한 탓에 황궁은 평소와는 달리 고요하기만 했다.

하지만 르웰린은 다른 나라의 왕자라는 핑계를 대며 요령껏 빠졌고, 아렌트는 표면적으로는 어제 일 때문에 징계를 받아 자숙하는 형태로 불참하게 되었다.

물론 여기까지도 아렌트의 설계대로였다.

오늘이 지나면 아렌트에게 필요 이상으로 관심을 두는 사람은 몇 남지 않을 것이다.

"세키나 님이랑 라그날드 님도 인정하시더라. 어제 두 분 표정을 너도 봤어야 했어."

물론 고지식한 엘프들이 아렌트의 방식을 납득하기란 어려웠다.

하지만 아렌트가 펼친 어이없는 촌극이 가져온 결과만큼은 엘프들도 받아들일 수밖에 없었다.

언젠가 자카르가 그랬던 것처럼.

'겉으로 보면 작은 소동 정도였을 뿐인데.'

그러나 아렌트에게 어울리지도 않는 신의 사자라는 칭송은 눈 깜짝할 새 사라져 버렸다.

대신 익숙한 망나니, 사고뭉치라는 꼬리표가 따라붙고 라이오스 단장의 명성은 더욱 드높아졌다.

아렌트의 목적은 완벽하게 달성된 셈이었다.

"어제 줄줄 늘어놓은 입에 발린 말들 있잖아."

아렌트를 물끄러미 보던 르웰린이 씨익 웃으며 은근한 어조로 물었다.

"전부 다 거짓말은 아니지?"

"신보다야 라이오스 단장님이 좀 더 쓸모가 많은 것만큼은 사실 아닌가?"

언제나 그랬듯 시큰둥한 대답이 돌아왔다.

르웰린은 턱을 괴며 불만스럽게 투덜거렸다.

"하여튼 불경한 녀석. 라이오스 단장이 대단한 사람이라는 데는 동의한다만. 일단은 네 성질머리를 견뎌 낸다는 점부터가."

그것을 끝으로, 방에는 자연스러운 침묵이 찾아왔다.

르웰린은 잠깐 입을 다문 채 아렌트를 물끄러미 바라보았다.

감히 일국의 왕자를 앞에 두고서도, 아렌트는 아까부터 정령에 관한 책을 손에서 떼지 않고 있었다.

사정이 어떻게 된 건지는 대충 들어서 알고 있었다.

갑자기 정령사가 된 세일럼에게 아렌트가 검을 가르치게 된 거였다.

내키지 않게 떠맡았다 하더라도 아렌트에게 대충 할 생각은 전혀 없는 것 같았다.

'진짜 독한 놈.'

벌써부터 아렌트는 다음을 준비하고 있었다.

좀 쉬라며 잔소리를 늘어놓고 싶었지만, 어제 사고를 친 뒤로 묘하게 기분이 좋아 보이니 르웰린은 일단 넘어가기로 했다.

'게다가 다른 기사들도 긴장이 좀 풀린 것 같고.'

연회가 끝난 뒤 구박을 한바탕 쏟아 내는 3기사단의 기사들을 보며 르웰린은 뭔가를 깨달았다.

대신전 습격 사건 뒤로 라이오스를 포함한 기사들은 아닌 척하지만 잔뜩 경직된 상태였다.

당연한 일이었다.

대충 전해 들은 것만으로도 차마 말로 설명할 수 없을 정도의 대형 사고였다고 하니까.

게다가 죽여도 안 죽을 것 같던 놈이 숨이 꼴깍꼴깍 넘어가는 꼴까지 보였으니 모두가 신경이 곤두설 수밖에 없었다.

'그 녀석들한테도 제대로 한 방 먹인 셈이지.'

라이오스 단장을 죽어라 놀려 대는 형태로, 아렌트는 동료들에게도 자신의 굳건함을 알린 것이다.

"건재하구나, 아렌트 폰 에크하르트 경."

르웰린이 농담처럼 한마디를 던졌다.

희극을 즐겁게 관람한 관객으로서 던지는 짧은 찬사였다.

그 속뜻을 알아차린 아렌트가 피식 웃음을 터뜨리며 담백하게 대꾸했다.

"당연하지."

4장. 먼지 쌓인 잔재

먼지 쌓인 잔재

"몸은 좀 어떠하지?"

숙인 고개 위로 상냥한 목소리가 들려왔다.

로저는 부복한 채 대답했다.

"니케포르 님이 보살펴 주신 덕분에 미천한 목숨을 건졌습니다. 감사합니다."

"미천하다니. 그리 말하지 말렴."

소파에 길게 누운 니케포르가 나무라듯이 말했다.

"체르니온 님을 모시는 자가 미천할 리 없다. 더군다나 로저, 너는 그분의 훌륭한 심부름꾼이다. 그러니 자부심을 가져."

로저는 한참 동안이나 대답하지 못했다.

니케포르는 망설이는 그를 지그시 응시했다.

결국 그 눈빛을 이기지 못한 로저가 답했다.
"……감사합니다."
대신전에서 벌어진 전투의 마지막 순간, 라이오스에게서 로저를 구한 것은 바로 니케포르였다.
그가 때맞춰 난입하지 않았더라면 로저는 이미 이 세상 사람이 아니었을 터였다.
"네 목숨은 너의 것만이 아니다. 그 점 절대로 잊지 말고. 진도, 아인도 마찬가지야."
"예, 꼭 명심하겠습니다."
로저가 진지하게 대답하고 나서야 니케포르가 만족스럽게 미소 지었다.
"새로운 팔은 어떠니? 진이 고심해서 특별히 마련했다고 들었다만."
그제야 로저가 살짝 고개를 들었다.
"심려해 주신 덕분에 무사히 자리 잡았습니다. 진에게도 크나큰 은혜를 입었습니다."
"모습이 흉측해진 것은 어쩔 수 없구나."
안개숲 종족 엘프를 닮은 니케포르의 아름다운 얼굴에 쓴 미소가 드리웠다.
중상을 입고 사경을 헤매는 로저를 살려 낸 것 역시 니케포르였다.
하지만 아무리 드래곤이라도 이미 잘려 나간 팔을 되돌려 놓을 수는 없었다.

그래서 로저는 진에게 따로 시술을 받아야만 했다.

"괜찮습니다. 체르니온 님을 위해서 검을 온전히 쥘 수 있다는 것만으로도 크나큰 은혜입니다."

그렇게 대답하며 로저는 새로운 팔에 힘을 줘 움직여 보았다.

새로 얻은 흉측한 팔과 함께 다섯 개의 손가락이 그가 의도한 대로 구부러졌다가 펴지기를 반복했다.

마치 원래 로저의 것이었던 듯 자연스러운 움직임이었다.

새로운 팔은 체격이 큰 로저의 상체에 비해서도 지나치게 굵고 단단했다.

게다가 뻣뻣하고 굵은 털로 뒤덮이기까지 해, 인간보다는 변신한 웨어 울프의 팔에 가까운 모습이었다.

"이번 전투에서 진이 웨어 울프와 조우했다더구나. 아무래도 그 강인함이 진에게 제법 인상 깊었던 모양이야."

니케포르가 진을 대신해서 변명처럼 말해 주었다.

그제야 로저의 입가에도 어쩔 수 없다는 미소가 드리웠다.

"불만은 전혀 없습니다만…… 이렇게 된 거, 전신을 개조해 보는 건 어떻겠냐고 달려드는 통에 조금 곤란하긴 했습니다."

"저런. 고생이 많았겠구나."

농담처럼 맞장구치는 니케포르에게 고개를 한 번 더 숙

인 로저가 다소 가라앉은 음성으로 말을 이었다.
"……소식은 들었습니다. 결국 저는 아무것도 해내지 못한 셈이군요."
분명 죽였다 생각한 아렌트 폰 에크하르트가 무사히 회복해 재차 활동하기 시작했다는 소식이 교단에도 흘러들었다.
비록 성검의 부활은 저지하지 못했지만, 적어도 견습 기사를 처리했다는 것으로 잠시나마 위안을 찾았던 로저였다.
그러나 그마저도 실패하고 말았다.
"체르니온 님과 성녀님께 그저 죄스러운 마음뿐입니다."
로저가 괴롭게 시선을 바닥으로 떨어뜨렸다.
그러자 니케포르가 자상한 어조로 그를 위로했다.
"아니다. 어쩔 수 없는 일이었어. 이리스 님께서도 충분히 이해하신다."
"하나……."
"네가 어찌할 수 있는 일이 아니었다. 빛의 신께서 직접 변덕을 부린 일이니."
니케포르가 단호한 어조로 로저의 말허리를 잘랐다.
"빛의 검이 움직이기 이전이라면 또 모르지만, 그것을 네 선에서 저지할 수 있다고 생각하는 것이야말로 만용이다."

"……송구합니다."

한참 동안 뜸을 들이던 로저가 더욱 고개를 깊이 숙였다.

"그러니 우리는 다음을 도모해야지. 이리스 님도 널 질책하실 생각은 전혀 없으시니 너무 스스로를 괴롭히지 말도록 해. 네 성격에는 차라리 질책해 주시는 것이 더 마음이 편할지도 모르겠다만, 그것보다는 네 몸을 잘 돌보는 편이 훨씬 체르니온 님께 도움이 되는 일이지."

"명심하겠습니다."

차마 시선도 들지 못한 채 로저가 그렇게 대답했다.

그에게 딱하다는 시선을 보내던 니케포르가 짧게 한숨을 내쉬었다.

금빛 드래곤의 입에서 탄식 같은 혼잣말이 흘러나왔다.

"결국 모든 것은 순리대로 흐르는가……."

단지 과거의 실수를 반복하지 않으려 했을 뿐이었다.

그러나 신이 고른 영웅은 이번에도 호락호락하지 않을 전망이었다.

결국 라이오스 드 윈프리드는 공식적으로 성검의 주인으로 인정받았다.

앞으로 그는 루체 신이 직접 고른 영웅으로서 교단의 앞을 가로막겠지.

게다가 영웅 칸 시대의 드래곤 렉시온까지 긴 잠에서

깨어나 다시금 영웅의 손을 들어 주며 그의 동료로 합류했다.

'그리고……'

이 모든 상황의 지독한 변수인 견습 기사까지.

그를 떠올린 니케포르의 표정이 설핏 굳었다.

렉시온은 오히려 새로운 영웅보다 그 견습 기사를 더욱 의식하는 것 같았다.

그들과 직접 몇 번이나 겨룬 로저도 그랬고, 진 역시 과할 정도로 그에게 반응을 보였다.

그저 흔히 있는 영웅의 추종자쯤으로 여겼는데, 단지 그뿐만은 아닌 것 같았다.

"……한 번쯤 직접 확인할 필요가 있겠는걸."

"무엇을 말씀이십니까?"

니케포르가 중얼거리는 말에 반응한 로저가 의아하게 물었다.

하지만 니케포르는 손을 가볍게 내저어 보였다.

"아니, 아무것도 아니야."

* * *

"내가 협력하겠다고는 했는데."

렉시온의 짜증 그득한 목소리가 들려왔다.

"그렇다고 해서 네 시중을 들겠다는 말은 단 한마디도

안 했다만."

"저야말로 시중들어 달라는 말은 단 한마디도 안 했는데요."

그러나 아렌트에게는 씨알도 먹히지 않을 소리였다.

황태자 전용 연무장에서 난데없이 벌어진 드래곤과 견습 기사의 기 싸움 사이에 끼인 세일럼은 잔뜩 긴장할 수밖에 없었다.

"그냥 확인만 좀 해 달라고요. 아는 놈인지 모르는 놈인지."

"그, 아렌트 경."

가만히 듣다 못한 세일럼이 조심스럽게 끼어들었다.

"그…… 아렌트 경께서 지칭하는 대상이 혹시……."

"드래곤."

"……."

세일럼은 입을 꾹 다물었다.

그러고는 그냥 슬그머니 두 사람 사이에서 빠져나와 혼자 검을 휘두르기 시작했다.

자신은 이 대화에서 빠지고 싶다는 뜻이었다.

"광산은 갑자기 왜? 네놈들이 찾아낸 문서들도 전부 다 번역해 줬잖아."

"전부는 아니죠. 그리고 거긴 인간의 힘으로는 풀지 못한 마법 결계도 몇 개 더 있고요. 그래서 한번쯤 렉시온 님이 직접 와 주셨으면 한다고, 전에 슈타들러 백작님이 말씀하시더라고요."

아렌트가 간단히 설명을 덧붙였다.

지금 두 사람의 화두에 오른 것은 현재 슈타들러 백작의 연구소가 들어선 마정석 광산이었다.

그곳에는 슈타들러 백작이 발견한 드래곤의 아지트가 있었다.

레어라고 하기에는 다소 작지만 드래곤이 생활했던 흔적이 역력히 남아 있는 데다, 그곳의 주인이었던 드래곤을 모시던 심복들의 유골함까지 남아 있었다.

"슈타들러…… 그 괴짜 백작 말이군."

렉시온의 얼굴이 순식간에 떨떠름해졌다.

렉시온이 황궁에서 마주친 존재 중 가장 이상한 놈을 꼽자면, 첫 번째는 아렌트고 두 번째는 바로 슈타들러 백작이었다.

"다녀올 거면 지금이 적기인 것 같아서요. 지금 당장은 제가 황궁 안에서 별로 할 일도 없고."

아렌트가 고개를 끄덕였다.

지금 온 황궁의 신경은 라이오스에게 집중되어 있었다.

라이오스는 성검의 주인으로서 여기저기에 불려 다니느라 정신이 없었다.

물론 그는 별로 내켜 하지는 않았지만 아렌트의 등쌀에 밀려 어쩔 수 없이 대부분의 초대에 응하는 중이었다.

지금 기회에 영웅으로서 눈도장을 확실히 찍어 놓으라는 이유였다.

"하긴, 거의 축제 분위기더군. 새로운 영웅이 탄생했으니 당연한 결과긴 하지만."

온 사교계가 들뜨고 하루가 멀게 다과회며 교류회, 축하연이 벌어지고 있었다.

그 덕분에 다른 단장들과 르웰린, 그리고 아직 어린 세일럼을 제외한 다른 엘프 대표들 역시 비슷한 사정이었다.

연회 때 라이오스와 덩달아 사람들의 시선을 듬뿍 받은 덕에 들뜬 분위기에 휩쓸려 이곳저곳에 불려 다니는 처지가 된 것이다.

물론 엘프들은 처음에 거부감을 보였다.

"언제 다시 싸움이 시작될지 모르는 상황에 여유를 부릴 수는 없다."

초대받으면 최대한 응하라는 아렌트의 말에 라그날드가 보인 반응이었다.

셰키나와 자카르 역시 비슷한 생각인 듯했지만, 아렌트는 그 불만을 단번에 찍어 눌러 버렸다.

"전쟁은 싸움으로만 하는 게 아닙니다. 최대한 좋은 인상을 남겨서 후원자들을 끌어모아 둬야 나중이 편해요.

그런 것도 모르십니까? 그리고 분위기가 침체되는 것보다는 최대한 여유를 유지하는 편이 낫습니다."

얄밉기 그지없는 어조였지만 늘 그랬듯 틀린 말이 아니었다.

"방심은 금물이지만, 신경을 너무 곤두세우는 것도 좋은 일은 아닙니다. 지나치게 긴장했다가는 안 할 실수까지 저지르게 되는 것이 사람이니까요."

물심양면으로 지원해 줄 사람은 많으면 많을수록 좋았다.

그런 의미에서 직접 전장에 나가 싸우는 이들이 사교계에서 활발히 활동하는 것도 나쁘지 않은 방법이었다.

신앙이 걸린 진영 싸움인 만큼, 아군이 체르니온 교로 이탈하는 것도 어느 정도는 방지할 수 있을 테니까.

결국 엘프들 역시 그 논리에 설득당하고 말았다.

"그러고 보니 넌 왜 아직도 노닥거리는 거지?"

"근신 기간이 늘어났거든요. 이것도 제가 단장님한테 부탁드린 거긴 하지만."

문득 렉시온이 묻는 말에 아렌트가 간단히 답을 내주었다.

대화를 나누는 두 사람 근처로 정령들이 느긋하게 팔랑팔랑 날갯짓하며 지나갔다.

정령들을 쫓는 듯 손을 휘휘 내저은 렉시온이 대꾸했다.

"스스로 근신을 청하는 너도 제법 웃기긴 하다만, 단장도 완전히 약점을 붙잡혔군."

"어쩌겠어요. 억울하면 본인이 좀 더 민첩하게 움직였어야지."

아렌트가 뻔뻔하게 어깨를 으쓱했다.

이쯤 되면 슬슬 라이오스에게 동정심이 들 지경이었다.

연회가 끝난 뒤 창백해진 얼굴로 위장약을 몇 개나 삼키던 단장의 꼴을 직접 보았기에 더욱 그랬다.

막 탄생한 위대한 영웅이라 말하기에는 지나치게 초라한 모습이었다.

쯧 혀를 찬 렉시온이 말을 이었다.

"뭐, 좋다. 별로 내키지는 않지만, 둘이 할 이야기도 있으니."

목소리를 살짝 죽인 렉시온이 세일럼 쪽을 힐끗 보았다.

황궁은 은밀한 대화를 나누기에는 듣는 귀가 너무 많았다.

마법을 펼쳐 따로 공간을 만들 수도 있었지만, 기감이 유달리 발달한 기사와 엘프들이 득실거리는 곳이니 렉시온은 그조차도 별로 내키지 않았다.

"그러면 바로 오늘 저녁에 이동하죠. 슈타들러 백작님께도 그렇게 말씀드릴게요."

빼딱하게 고개를 끄덕인 아렌트가 자꾸만 근처를 얼쩡 거리는 정령을 손으로 휘휘 쫓아 버렸다.
 화들짝 놀란 정령들이 급하게 세일럼 쪽으로 돌아갔다.
 "야, 꼬맹아. 들었지? 렉시온 님이랑 나는 한 이틀쯤 자리 비운다. 수련 똑바로 하고 있어. 괜히 혼자 해 본다고 설치다가 다치지 말고 아서 선배한테라도 가."
 움직임을 멈춘 세일럼이 떨떠름하게 대답했다.
 "……성격이 나쁘신 건지 걱정해 주시는 건지 헷갈리는데, 둘 중 하나만 해 주시면 안 되나요? 아니면 혹시 제가 몸치라고 빈정거리시는 건가요?"
 "내 상냥함을 곡해하다니, 상당히 유감스러운데."
 "……."
 아렌트의 대답에 세일럼은 그냥 입을 다물어 버렸다.
 그렇게 아렌트와 렉시온의 마정석 광산 연구소행이 결정되었다.

 * * *

 방금 전까지 3기사단의 생활관에 있던 두 사람은 눈 깜짝할 새 마정석 광산까지 도달해 있었다.
 멀뚱멀뚱 눈을 깜빡이던 아렌트가 툭 내뱉었다.
 "진짜 편한 이동 수단이네요, 렉시온 님은."

"그 입 다물어라."

렉시온이 으르렁거렸다.

커다랗게 피어났던 마법진이 사라지며, 텔레포트 마법을 시전하고 남은 마력이 가벼운 미풍과 함께 흩어졌다.

"저쪽 놈들은 텔레포트도 자유자재로 쓰던데. 우리는 불가능해요?"

"터무니없는 소리 하지 말도록."

아렌트가 아쉽다는 듯 중얼거리는 말에 렉시온이 언짢게 대꾸했다.

"그놈들이 비정상인 거다. 놈들이 하나같이 이상할 정도로 풍부한 마력을 지닌 이유가 뭔지 아나?"

"제가 알 턱이 있나요. 다들 하나같이 또라이라는 건 알겠는데."

한 발 먼저 걸음을 옮기며 아렌트가 대답했다.

렉시온이 그 뒤를 따르며 답을 내주었다.

"억지로 신체를 비틀어서 마력을 확장했기 때문이지. 놈들에게는 묘한 공통점이 있을 텐데, 혹시 알아차렸나?"

"비상식적일 정도로 풍부한 마력이랑 납득하기 어려운 광기, 지나치게 맹목적인 신앙심⋯⋯ 꼽자면 이 정도겠네요."

아렌트가 무심하게 대답했다.

"마력은 잘 모르겠지만, 그놈들이 돌아 버린 건 체르니온 신의 신성력이랑 관련이 있다고 생각했는데요. 성녀가 가진 아티팩트도 그렇고."

"그렇지, 하지만 처음부터 놈들이 그런 꼴은 아니었어."

그의 입에서 처음으로 나온 옛이야기에 아렌트가 멈칫했다.

렉시온은 걷는 속도를 조금 더 빠르게 해 아렌트를 지나쳤다.

"그러니 항상 경계하도록. 너는 당장 죽을 지경이었으니 내가 특별히 손을 댔지만, 그것도 사실 바람직한 일은 아냐."

"……진짜 내 몸에 무슨 짓을 한 거예요?"

가볍게 투덜거리며 아렌트가 그의 뒤를 따랐다.

렉시온은 그를 돌아보지 않고 간략히 덧붙였다.

"내가 그때 잠깐 설명하지 않았나?"

"옛 마법사들의 수련 방식이요?"

"그래. 쉽게 말해서 그건 그릇을 한 번 망가뜨리고, 금이 가고 깨진 빈자리를 채워 넣어서 강제로 마력을 늘리는 것과 같지. 네가 경험한 것처럼 마력량은 비약적인 성장이 가능하다만, 성공한다더라도 썩 바람직한 결과는 바랄 수 없어."

아렌트의 몸이 그만큼 망가진 상태가 아니었다면 결코 시도도 하지 못했을 방법이었다.

"놈들은 그것보다 훨씬 심한 짓을 자행한 게 분명해.

그걸 견뎌 내고서야 부서진 심장의 검이라는 이름을 자처한 거다."

놈들이 이상할 정도로 강한 데는 다 이유가 있었다.

아렌트는 자연스럽게 로저를 떠올렸다.

라이오스와 아렌트, 리히트, 그리고 아서까지 달려들어서야 간신히 로저를 막아설 수 있었다.

그리고 그는 성검을 든 라이오스와도 거의 호각으로 겨루는 강자였다.

'그나저나……'

경계하라니.

묘한 말이었다.

비정상적인 방법으로 차츰 강해지며 미쳐 가는 놈들을 조심하라는 건지.

'아니면 덩달아 괴물이 되지 않도록 주의하라는 건가.'

어쩌면 둘 다일지도 모르고.

모르는 척 질문을 던지고 싶었지만, 렉시온은 이미 저만치 멀어진 뒤였다.

더 이상 이 화제를 이어 가고 싶지 않다는 것 같았다.

영웅 칸의 시대 이전부터 살아왔을 렉시온은 오랜 세월 동안 이 망할 무대…… 아니, 이 망할 세상을 지켜봐 왔을 게 분명했다.

'침묵 뒤에 도대체 뭐가 숨겨져 있는지.'

빌어 처먹을 신이 드래곤의 입을 막아 버렸으니 그것을

알아내는 것 역시 자신의 몫일 터였다.
 아렌트는 그냥 입을 다물었다.

* * *

 "어서 오십시오! 기다리고 있었습니다!"
 연구실 입구에 다다르자 슈타들러 백작이 환하게 웃으면서 두 사람을 맞이했다.
 늘 그랬듯 눈 아래가 시커멓고 창백한 안색이었지만, 표정만큼은 그 여느 때보다도 밝았다.
 렉시온이 떨떠름하게 중얼거렸다.
 "어째 지난번보다 상태가 안 좋은 것 같은데."
 다 죽어 가는 안색으로 히죽거리는 꼴이 누가 봐도 제정신이 아닌 것 같았다.
 하지만 아렌트는 렉시온과 의견이 조금 달랐다.
 "오늘은 유달리 더 좋아 보이시네요, 백작님."
 "……진심이냐?"
 "좋고말고요! 아주 좋습니다! 렉시온 님께서 친히 이곳까지 방문해 주셨으니, 좋지 않을 수가요!"
 렉시온의 미심쩍은 물음이 슈타들러 백작의 들뜬 목소리에 묻혀 버렸다.
 "아참, 렉시온 님은 전에 말씀해 주신 대로 은둔 대마법사라고 둘러댔습니다."

슈타들러 백작이 살짝 목소리를 낮춰 덧붙였다.

에크하르트 백작가에서 한 번 둘러댄 이후로 아렌트와 칸타레스가 준비한 렉시온의 신분이었다.

아렌트는 가볍게 고개를 끄덕였다.

"잘하셨어요."

"일단 안으로 드시지요! 머무실 방과 식사를 준비했습니다."

그 작은 칭찬이 마냥 기분이 좋은지 백작이 싱글벙글 웃어 댔다.

하지만 렉시온은 딱 잘라 거절했다.

"식사는 나중에 이 애새끼나 실컷 먹여. 그 전에 안내 먼저 해. 뭐가 필요해서 여기까지 불러냈는지."

"……그러십니까?"

슈타들러 백작은 아쉬운 기색을 비쳤지만 더 이상 토를 달지는 않았다.

"해가 질 시간이니 우선 광산 쪽으로 안내해 드리겠습니다. 절 따라오십시오."

이런 상황도 상정했던 것인지, 백작은 자연스럽게 두 사람을 안내했다.

"별일은 없었어요?"

"염려해 주신 덕분에 큰일은 없었습니다. 저와 같은 실수를 하지 않도록, 연구원들도 철저히 단속 중입니다. 주기적으로 내부 감사와 교육 역시 실시하고 있고요."

아렌트의 물음에 슈타들러 백작이 빠르게 말을 이었다.

그 역시 연구원들이 체르니온교 쪽에 넘어가는 것을 극도로 경계하고 있었다.

"이전에 렉시온 님께서 말씀해 주신 것을 토대로 모조 정령석과 기적의 병사 파편을 계속해서 분석 중입니다. 다들 그 일을 이상하리만치 꺼려 하기에, 저와 클로에 양이 전담해서 연구 중입니다."

"그쪽도 성과가 있었어요?"

슈타들러 백작이 기분 좋게 대답했다.

"예! 물론입니다. 아렌트 경께서 만족하신다면 좋겠습니다."

백작은 두 사람을 마정석 광산 안쪽으로 안내했다.

미리 인부들을 퇴근시킨 건지, 광산 내부는 텅 비어 있었다.

하지만 그렇다고 정말로 아무것도 없는 것은 아니었다.

"……성가시게, 진짜."

아렌트는 자꾸 근처를 얼쩡거리는 빛들을 손을 휘휘 내저어 쫓아 버렸다.

슈타들러 백작이 의아하게 물었다.

"뭔가 있었습니까? 마력의 기운이 강한 곳이니, 작은 벌레는 들어오지 못할 텐데요."

"날파리가 조금요."

자세히 설명하기 귀찮아진 아렌트가 대충 둘러대 버렸다.

렉시온이 시큰둥하게 말했다.

"그래도 이곳은 몇 녀석 보이는군. 정순한 마력이 있는데다 드래곤이 머물던 곳이라 그렇겠지. 하지만 저러다가 곧 소멸할 거야. 그럴듯한 정령이 되지는 못할 거야."

이곳의 정령들은 형체조차 제대로 이루지 못한 채였다.

마정석 덕에 존재하고는 있었지만, 아무런 의지도 없이 그저 반딧불이처럼 둥실둥실 떠다닐 뿐이었다.

드래곤의 거처에 가까이 다가갈수록 정령들이 점점 많아졌다.

그리고 드디어 드래곤의 옛 거처에 다다랐을 때, 렉시온이 먼저 걸음을 우뚝 멈췄다.

"안내는 여기까지면 충분하다. 백작, 너도 밖에서 기다리도록."

"예?"

뜻밖의 말에 백작이 눈을 동그랗게 떴다.

"굳이 들어가 보지 않아도 알겠군. 이 안에서는 네가 원하는 것은 나오지 않을 거다."

렉시온이 그렇게 단언했다.

아렌트가 살짝 눈썹을 휘었다.

"어떻게 알아요?"

"안이 텅 비었어. 네가 말한 대로 인간은 풀 수 없는 결계나 봉인이 좀 남아 있는 것 같긴 하다만……."

눈을 가느다랗게 뜬 렉시온이 덧붙였다.

인간 흉내를 내고 있던 붉은 눈동자의 동공이 꼭 파충류의 것처럼 세로로 길게 찢어졌다.

"그마저도 내가 손 한 번 내저으면 부서질 정도야. 더 긁어낼 것은 없어."

백작과 아렌트에게는 어둠에 잠긴 동굴의 입구만 보일 뿐이었지만, 렉시온의 눈에는 다른 것이 비치는 것 같았다.

"하지만 나는 볼일이 좀 있을 것 같군. 그러니 잠깐 자리를 비켜라, 백작."

"……."

그의 말에 슈타들러 백작은 아쉬운 표정을 지었다.

하지만 잠시 후, 얌전히 고개를 끄덕였다.

"알겠습니다. 그렇다면 저는 연구실에 가 있을 테니, 필요하면 불러 주시지요."

허리를 숙여 인사한 슈타들러 백작이 물러났다.

그의 기척이 완전히 사라진 뒤 렉시온이 손가락을 딱, 튕겼다.

그러자 근처 바닥에서 뭉클 그림자가 솟아나더니 이내 부복한 스텔이 모습을 드러냈다.

아렌트가 먼저 툭 내뱉었다.

"살아 있었네."

그러자 슬쩍 시선만 든 스텔이 짧게 대꾸했다.

"그쪽이야말로."

나름의 안부 인사였다.

다시 렉시온 쪽으로 고개를 숙인 스텔이 담담하게 말했다.

"불러 주셔서 감사합니다, 렉시온 님."

"누가 들으면 악덕 주인인 줄 알겠군. 그렇게 말할 정도면 부르기 전에 나와도 돼."

렉시온이 타박을 놓았다.

하지만 스텔은 언제나 그랬듯 무표정으로 고개를 더욱 숙일 뿐이었다.

"편하게 따라오도록. 자유롭게 움직여도 괜찮다. 난 어차피 이 애송이랑 할 이야기가 있거든."

"감사합니다."

스텔이 다시 고개를 숙였다.

뭉클 피어난 검은 마력이 그의 몸을 감쌌다가 이내 걷혔다.

다시 모습을 드러낸 스텔은 검은 개의 모습으로 변해 있었다.

"……."

말도 안 되게 거대하던 본체와는 달리 약간 덩치가 클

먼지 쌓인 잔재 〈177〉

뿐인 개의 외형이었다.
 타박타박 걸음을 옮긴 스텔이 먼저 안으로 들어갔다.
 그러자 렉시온도 그 뒤를 따라 걸음을 옮기기 시작했다.
 스텔은 자연스럽게 동공으로 통하는 문을 향해 똑바로 나아갔다.
"과거의 인연인가 봐요?"
 아렌트가 무심하게 던진 물음에 렉시온이 대답했다.
"나보다는 저 녀석의 연이지. 워낙 오랜 세월이 지난 데다, 마정석의 기운에 가려져서 긴가민가했는데……."
 잠깐 말끝을 흐린 렉시온이 짧게 덧붙였다.
"이 별장의 주인은 여기에서 최후를 맞이한 것 같군."
 렉시온의 덤덤한 어조에서는 아무것도 읽어 낼 수 없었다.
 그를 힐끗 본 아렌트가 물었다.
"전쟁에서 살아남은 드래곤이 렉시온 님이랑 니케포르, 단둘뿐이지는 않을 텐데. 나머지는 다 어디로 사라진 거예요?"
"그걸 알았더라면 내가 쓸데없이 헤매고 다니지는 않았겠지. 긴 수면기에서 깨어나 보니 세상이 바뀌어 있었으니까."
 지금껏 직접적인 질문을 피해 대던 렉시온에게서 처음으로 유의미한 답이 돌아왔다.

"하지만 이쯤 되면 정말 모두 죽어 버린 걸지도 모르겠군. 아니면 어딘가에 숨어 버렸거나."

동족의 전멸을 입에 담으면서도 렉시온은 표정 하나 변하지 않았다.

정말로 아무런 감흥이 없다는 태도였다.

"뭐, 숨은 거라 하더라도 그건 죽은 것과 다를 바 없지."

"어째서요?"

"신이 두려워서 몸을 감춘 거라면 절대로 돌아오지 못할 테니까."

정면을 응시하며 렉시온이 무덤덤하게 답을 내주었다.

빛과 어둠이 존재하는 이상, 드래곤들은 결코 세상 밖으로 나오지 못할 터였다.

신의 눈이 닿지 않는 곳은 이 땅 어디에도 없으니까.

"정말로 그런 거라면 그냥 다 죽어 버린 편이 낫겠군. 드래곤 주제에 인간 애송이보다도 담이 작다니."

렉시온이 싸늘한 조소를 터뜨렸다.

그런 대화를 나누는 사이, 그들은 어느새 동공으로 통하는 거대한 문까지 다다라 있었다.

한발 먼저 도착한 스텔이 문 앞에서 그들을 기다리고 있었다.

렉시온이 문 쪽으로 한 걸음 가까이 다가섰다.

그러자 굳게 닫혀 있던 문이 드드득, 소리를 내며 저절로 열리기 시작했다.

마치 반가운 손님이라도 맞이하는 것처럼.

　　　　　　　＊　＊　＊

이미 달이 뜬 시간이었다.

문이 천천히 열리자 서늘한 공기가 느껴졌다.

그와 동시에 빛으로 새겨진 체르니온 신의 성화가 한눈에 들어왔다.

"……이래서 정령이 조금 남아 있었던 거군."

보는 순간 누구나 다 감탄할 아름다운 광경이었지만 렉시온은 그저 살짝 미간을 찌푸릴 뿐이었다.

두 번째로 방문하는 아렌트 역시 처음 왔을 때와는 감상이 조금 다를 수밖에 없었다.

"이렇게 된 거였나."

꼭 기도하는 것 같은 드래곤의 형상 위에 새겨진 은하수와 달, 별.

그리고 밤하늘을 올려다보는 자세의 어둠의 신이 동공의 벽과 천장에 그려져 있었다.

빛으로 이뤄진 선 주변에는 아까 광산에서도 종종 마주했던 정령의 파편들이 둥실둥실 떠다니고 있었다.

마치 반딧불이 군락 같은 모습이었다.

이 성화가 어떻게 나타났다가 사라지는지는 슈타들러

백작도 알아내지 못한 상태였다.

하지만 그 비밀은 생각보다도 간단했다.

아직 정령조차 되지 못한 빛무리들이 달빛에 반응해 모여들어 그림을 만들어 낸 거였다.

아렌트가 혼잣말처럼 중얼거렸다.

"뭐라고 해야 하나……."

제대로 된 정령이라면 슈타들러 백작이 알아차리지 못할 리 없었다.

하지만 아직 그조차도 되지 못한 존재들이 만들어 낸 광경이니, 인간인 백작은 결과물인 체르니온의 성화만을 볼 수 있었던 것이다.

"진짜 드래곤만이 할 수 있는 주접이긴 하네요. 시각적으로는 나쁘지 않습니다만."

"주접이라, 정말 예술적인 단어 선택이로군."

렉시온이 어이없이 중얼거렸다.

"이것도 몇 년 안에 없어질 거야."

미약한 힘을 가진 저 정령들이 모두 소멸하면 드래곤이 남긴 찬미 또한 흔적도 없이 사라질 터였다.

"세월로 씻겨 내려가는 건 인간이나 드래곤이나 마찬가지긴 하군."

렉시온이 무심하게 중얼거렸다.

"어차피 먼지만 쌓일 뿐인데, 뭘 그렇게까지 아등바등한 건지."

"렉시온 님이 그렇게 말씀하실 건 아닌데요."

주머니에 손을 찔러 넣은 아렌트가 시큰둥하게 말했다.

"지금 제일 발버둥 치고 있는 건 당신이잖아요. 이런저런 꼴 보기 싫어서 숨어 버린 동족들한테 욕 퍼붓던 게 누구더라."

"딱히 부정은 하지 않겠다만, 적어도 너한테 듣고 싶지는 않아."

한발 앞서 들어온 스텔은 동공의 구석, 유골함이 놓인 자리 앞에 얌전히 앉아 있었다.

검은 개의 뒷모습에서는 어떤 것도 읽어 낼 수 없었지만, 살랑살랑 흔들리는 꼬리가 많은 말을 대변하는 듯했다.

아렌트가 문득 물었다.

"저 녀석은 정체가 뭔데요?"

"정체고 나발이고, 그저 내 수하일 뿐이다."

성의 없는 대답이 돌아왔다.

"이제 저 녀석 하나밖에 남지 않았지만. 전쟁 중에 대부분 죽고, 나머지는 수면기에 들기 전에 모두 내보냈지. 하지만 저 녀석은 끝까지 남아서 날 기다리고 있더군."

렉시온은 스텔의 뒷모습에 시선을 주었다.

"드래곤끼리는 그닥 사이가 좋지 않았다만, 제멋대로인 주인을 모시는 수하들 사이에는 묘한 전우애 때문인지…… 이상한 교류가 있었거든."

오래된 유골함에는 스텔의 옛 친우들이 잠들어 있었다.

굳이 그를 불러낸 이유가 바로 그것 때문이었다.

"날 따르느라 제 수명대로 살다 함께 가지도 못했으니, 때늦은 배웅이라도 하게 해 줘야지."

"진짜 물러 터졌네요, 렉시온 님도."

심드렁하게 돌아온 밉살맞은 한마디에 렉시온이 짜증스레 쏘아붙였다.

"시끄러워."

"렉시온 님이랑도 사이가 썩 나쁘지는 않았나 보네요. 이 동굴의 주인 말이에요."

하지만 아렌트는 들은 척도 하지 않고 제 할 말만 이어 갈 뿐이었다.

"역시 처음부터 두 신의 사이가 나빴던 건 아닌가 봐요? 신도들끼리의 교류도 어느 정도 있었던 듯하고."

충성심 높은 스텔이 주인과 적대하는 드래곤의 수하들과 친하게 지낼 것 같지는 않았다.

"본격적으로 사이가 틀어진 건 전쟁 때문이려나요."

무감정한 눈으로 성화를 응시하며 아렌트가 말을 이어 갔다.

"……아니다, 전후가 바뀌었을지도 모르겠네요. 두 신의 사이가 서서히 벌어지기 시작했고, 그 결과 전쟁이 벌어졌다던지."

"……."

렉시온은 딱히 답을 내주지 않았지만, 그 침묵은 암묵적인 긍정을 표하고 있었다.

"잠깐, 그것도 아닌가."

한동안 가만히 생각하던 아렌트가 문득 미간을 구겼다.

"렉시온 님은 딱히 루체 신을 따른 건 아니라고 하셨잖아요. 영웅 칸과 만나기 전까지는 어느 진영에 소속된 것도 아니었을 테고. 그렇다면……."

퍼즐이 맞춰지며 자연스럽게 한 가지 결론이 도출되었다.

"그저 그렇게 살았던 시대가 있었던 거네요."

조용히 읊조리는 목소리가 동공에 울려 퍼졌다.

"빛의 신을 모시든 어둠의 신을 모시든, 서로 날 세우지 않던 시대가."

유골함 앞에서 꼬리를 흔들던 스텔이 아렌트를 돌아보았다.

아렌트는 여전히 벽의 성화를 두 눈에 가득 담고 있었다.

"그때야말로 악신도 영웅도 아무 의미가 없었을 테고."

아렌트는 영웅 칸과 드래곤이 얽힌 이야기들을 머릿속으로 하나씩 되짚어 보았다.

렉시온은 영웅 칸의 동료였다.

대마법사로 위장 중이었으니, 영웅 칸조차 렉시온이 드래곤이라는 사실은 끝까지 몰랐을 가능성이 높았다.

"한 가지 궁금한 점이 생겼는데요."

"말해."

곧장 허락이 떨어졌다.

아렌트는 사양하지 않고 질문을 꺼냈다.

"영웅 칸과 며칠 밤낮을 싸우고 결국 결판을 내지 못했다는 드래곤이 있다는 이야기를 들었는데, 그게 렉시온 님이에요?"

드래곤에 관한 이야기를 조사하다가 우연히 찾아낸 동화가 있었다.

그 이야기는 긴 싸움의 끝에 감복한 드래곤이 영웅 칸에게 자신의 뼈로 만든 드래곤 본을 선물했다는 것으로 끝났다.

렉시온이 쯧 혀를 찼다.

"그런 일도 있었지."

"그건 초대 황제가 루체의 선택을 받기 이전이에요?"

"그랬지."

건조한 대답을 들으며 아렌트는 살짝 미간을 찌푸렸다.

"전쟁 중이었다면 영웅 칸이 한가롭게 드래곤이랑 몇날 며칠 동안 싸움박질할 일도 없을 테고…… 그렇다면 전쟁이 벌어지기도 전이라는 건데."

영웅 칸은 멸망한 왕국의 기사 출신이었다.

렉시온과 칸이 처음 만났을 때는 아직 그 왕국이 건재했을 시절일 터였다.

모든 극이 시작되기 이전, 아직은 모든 게 평화로웠을 때.

렉시온과 스텔은 그 시대의 잔재였다.

한동안 입을 다물고 있던 아렌트가 툭 내뱉었다.

"렉시온 님이 왜 루체 신에게 기도하지 않는 걸 조건으로 걸었는지도 이해가 되네요."

렉시온은 세상이 그 시대처럼 돌아가기를 원하는 거였다.

두 신에 의해 철저히 지워져, 이제는 추억담을 꺼내는 것조차 금지된 고향으로.

"루체가 정의로 추앙받고 체르니온이 악신으로 존재하는 한, 이 땅에 영원한 평화란 결코 찾아오지 못할 게 분명하다…… 렉시온 님은 그렇게 생각하신 거죠?"

빛으로 가득 찬 세상에서 눈을 뜬 순간, 렉시온은 그것을 뼈저리게 깨달은 것이다.

"케케묵은 이야기를 꺼낼 생각은 전혀 없었는데. 멋대로 잘도 지껄이는군."

렉시온이 조금 언짢게 대꾸했다.

"하지만, 그래. 대충 이해했다면 됐어. 내 사정은 네가 추측한 것과 크게 다르지 않다만……."

 말끝을 흐린 렉시온이 눈동자만을 굴려 아렌트를 곁눈질했다.

"나는 네 쪽이 의아하군. 왜 그렇게 신을 싫어하지? 자연스레 생긴 반감이라고 여기기엔 정도가 심한데."

"알아서 맞춰 보시든가요. 렉시온 님도 아무 말 안 해 주셨잖습니까."

"말하기 싫으면 그냥 싫다고 해. 하여튼 싸가지 없는 꼬맹이 같으니."

 짜증스레 쏘아붙이면서도, 렉시온 역시 그 이상 파고들 생각은 없는 듯 화제를 돌려 버렸다.

"전에 네가 말했지. 신성 제국을 떠날 생각이 없다고. 그 생각에는 변함이 없나?"

"네."

고민할 필요도 없다는 듯, 간결한 답이 돌아왔다.

렉시온이 다시 물었다.

"이유는?"

"그걸 꼭 물어야 아십니까? 이상한 괴물 놈들이나 만들어 내는 새끼들부터 정리해야 하니까요."

"오히려 거기까지가 쉬울지도 모르지."

똥한 목소리가 돌아오자 렉시온이 차갑게 말했다.

"그 뒤는 어쩔 거지? 영웅의 승리가 루체 님의 영광이 되지 않게 할 거라면서."

황궁에서는 결코 화두에 올리지 못할 이야기였다.

렉시온이 굳이 여기까지 따라온 것은 이것을 묻기 위해서였다.

"글쎄요, 거기까지는 아직 잘 모르겠지만. 아시잖아요. 저 빈말은 안 해요."

마치 남 일을 이야기하는 듯한 말에 렉시온의 눈썹이 살짝 휘어졌다.

"기껏 전쟁을 끝내 놓고서 제국 전체를 적으로 돌리게 될지도 모른다만."

"드래곤이 내 편이라는데, 뭐 어쩔 거예요?"

아렌트가 어깨를 으쓱했다.

"그리고 딱히 그럴 생각은 없어요. 손해 보고는 못 사는 성격이라."

"손해?"

그의 말을 제대로 이해하지 못한 렉시온이 의아하게 되물었다.

아렌트는 루체 신을 닮은 체르니온의 형상에서 눈을 떼지 않으며 말을 이었다.

"놈의 손에 있는 걸 다 **빼앗아도** 모자랄 판에, 내가 쥔 걸 포기할 이유는 없죠."

"그러니까……."

잠깐 그의 말을 되뇌어 보던 렉시온이 인상을 구겼다.

"……지금 네가 있는 진영을 통채로 **빼앗겠다는** 건가?

루체 신의 손아귀에서?"

"네."

어마어마한 이야기를 꺼낸 주제에, 견습 기사는 아무렇지도 않게 고개를 끄덕였다.

"여유가 생긴 김에 좀 고민해 봤는데, 아무래도 그편이 제대로 엿을 먹일 수 있는 가장 좋은 방법인 것 같아서요."

"하, 참 어처구니없을 정도로 엄청난 포부로군."

결국 렉시온의 입에서 헛웃음이 터져 나왔다.

"그들이 네 말을 들어 준다는 확신이라도 있는 건가? 평생 루체 님만을 모시고 살아온 이들인데?"

"딱히 새삼스럽지도 않아요. 내 인생이 언제 쉬운 적이 한 번이라도 있었나. 천천히 생각하면 무슨 수든 나오겠죠."

그를 마주 보며 아렌트가 씨익 미소 지었다.

"이왕 편먹기로 했으니, 협조는 당연히 해 주실 거라 믿습니다."

"……."

렉시온은 당장 대답하지 않았다.

적을 쳐부수고, 루체 신의 손아귀에서 성검의 선택을 받은 영웅과 신성 제국을 훔쳐 낸다.

안일하다고밖에 말할 수 없는 이상론이며, 고작 인간의 몸으로 성공할 리 없는 대업이었다.

그래서 렉시온은 선택지에조차 넣지 않은 길이었지만……,

"어쩔 수 없군. 한번 어울리기로 했으니, 끝까지 가는 수밖에."

아렌트의 뜻에 반하는 일은 하지 않겠다 맹세했으니, 애초에 렉시온에게는 다른 길이 없었다.

"그래도 주의하는 게 좋을걸. 라이오스 드 윈프리드는 이미 기적을 경험했으니까."

렉시온의 경고에 아렌트의 표정이 다소 언짢게 변했다.

"저도 알아요."

위태위태하던 분위기는 한바탕 난리를 치는 것으로 어떻게든 메웠지만, 그렇다고 해서 모든 게 다 끝난 것은 아니었다.

문득 아렌트는 루체 앞에서 원망을 쏟아 내던 라이오스를 떠올렸다.

실성한 사람처럼 바닥에 머리를 찧던 라이오스였지만, 아렌트가 생명의 위기에서 벗어난 뒤로는 겸허한 자세로 성검을 받아들였다.

아마 라이오스는 아렌트가 목숨을 구한 것이 루체 신의 덕이라 여기고 있을 터였다.

아렌트가 극도의 거부 반응을 보인 탓에, 앞에서 그런 생각을 드러내지는 않겠지만.

"쯧."

언짢게 혀를 찬 견습 기사가 괜히 머리를 긁적였다.
그리고 신경 쓰이는 사람이 더 있었다.
요즘 표정 관리에 능해진 아서 노버트였다.
'최근 들어서는 무슨 생각을 하는지 모르겠단 말이지.'
아렌트가 추태를 부린 광경을 직접 목도하고서도 아서는 아무렇지도 않게 굴고 있었다.
그러나 아무런 변화가 없다는 건 또 아니었다.
아서는 최근 들어 은근히 아렌트의 일거수일투족에 더욱 관심을 두고 있었다.
'경계하는 건지, 아니면 다른 이유가 있는 건지.'
다른 기사들에 비해서 독실한 사람은 아니었지만, 아서 역시 빛이 정의라는 것을 당연하다 여기며 살아온 사람이었다.
심지어는 다른 사람들과는 달리 아렌트가 신상을 파괴하는 모습을 직접 보기까지 했으니까.
좀처럼 지난 일을 마음에 두지 않는 아렌트였지만, 그날을 아직까지도 실수라 여기는 것은 그 때문이었다.
아렌트가 갑자기 입을 다물자 렉시온이 넌지시 물었다.
"뭔가 걸리는 거라도 있나?"
"없지는 않지만, 어떻게든 되겠죠."
그답지 않게 뒷맛이 개운하지 못한 대꾸였다.
그것을 알아차린 렉시온이 지나가는 말처럼 한마디를

던졌다.

"넌 정말 엉뚱한 면에서 둔하군."

"네?"

아렌트가 의아한 소리를 내며 그를 보았다.

그와 시선을 마주친 렉시온이 마치 놀리는 것처럼 슬쩍 웃었다.

"단장 쪽도 내가 주의하라 말하긴 했다만, 아무래도 의미를 곡해해서 알아들은 것 같군."

"곡해했다고요? 제가요?"

아렌트가 되물었지만, 렉시온은 그냥 짧게 덧붙일 뿐이었다.

"아니다. 겪어 보면 조만간 깨닫게 되겠지."

그것을 끝으로, 렉시온은 더 이상 아무런 말도 하지 않았다.

렉시온은 레어에 남은 결계를 모두 해제해 주었다..

그의 말대로 더 건질 만한 것은 없었지만, 슈타들러 백작은 새로운 구간을 탐사할 수 있다는 것만으로도 뛸 듯이 기뻐했다.

"도대체 이런 게 왜 흥미로운 거지?"

렉시온이 어이없다는 듯 하는 말에 잔뜩 흥분한 슈타들러 백작이 언성을 높였다.

"고대에 살았던 드래곤의 생활상을 지켜볼 수 있다는 것만으로도 엄청난 가치가 있습니다!"

그래 봤자 드래곤에게는 먼지 쌓인 남의 집을 뒤지는 것으로밖에 보이지 않았지만.

렉시온의 떨떠름한 시선이야 어떻든, 슈타들러 백작은 콧노래를 부르며 호화로운 식사를 대접해 주었다.

그리고 다음 날, 백작은 아렌트와 렉시온을 자신의 연구실로 데려갔다.

거기에서 아렌트는 왜 열정 넘치는 연구원들이 백작의 연구를 꺼려 했다는 건지 이해하고 말았다.

"……이건 좀."

드물게도 아렌트의 입에서 질린 목소리가 흘러나왔다.

백작 역시 일말의 양심은 남아 있었던지 어색하게 웃으며 변명했다.

"아무래도 괴물들이 움직이는 원리를 알아낼 필요가 있을 듯해서요. 이게 생물이라면 행동 양상이나 약점을 알아내는 것도 나중에 도움이 될 테니 말입니다."

꽤 큰 유리장 안에 손바닥만 한 살덩어리가 꿈틀대며 움직이고 있었다.

진이 만들어 내는 괴물을 재현한 표본이었다.

피부를 이루는 근육과 입처럼 보이는 작은 구멍을 제외하고는 아무런 기관도 없어, 차마 생물이라 부르기도 민망했다.

그런 놈이 유리 바닥을 기어 다니는 것을 보니 약간 비위가 상하려 했다.

그 안에는 백작이 먹이라고 넣어 준 듯 보이는 각종 곤충들과 작은 쥐, 그리고 풀 따위가 보였다.

렉시온이 어처구니없이 중얼거렸다.

"엄청나게 비위가 좋군, 백작. 열의는 높게 사겠다만…… 도대체 어떻게 이런 걸 만들 발상을 한 거지?"

"모조 정령석을 조금 깎아 내고, 아렌트 경이 지난번에 회수해 온 기적의 병사 살 조각 조금을 합쳐 만들었습니다."

슈타들러 백작이 자랑스럽게 말했다.

"먹이는 전혀 먹지 않습니다. 아무래도 힘의 원천이 정령석인 탓이겠지요. 그리고 인간이든 뭐든, 살아 있는 생명체에 대해 엄청난 공격성을 보입니다. 저 정도 크기라면 고작 깨무는 정도가 다이니, 그리 위험하지는 않습니다. 제법 아프긴 합니다만."

"……설마 직접 물려 보신 거예요? 저거에?"

아렌트가 제 귀를 의심하며 되묻자 백작이 선뜻 고개를 끄덕였다.

"누군가는 확인해 봐야 할 테니까요. 피가 좀 나긴 했지만, 다른 부작용은 없었습니다. 혹시나 병을 옮기거나 독을 뿜었다면 곤란했겠지만 그런 능력은 없는 듯하더군요."

"……"

분명 도움이 되는 정보긴 했지만, 그 과정에 대해서는 뭐라 할 말이 없었다.

"곱게 미치라고는 했지만, 그래도 이건 좀 심한데."

"예? 아렌트 경, 방금 뭐라고 말씀하셨습니까? 잘 못 들었습니다."

"아니에요, 아무것도."

손을 휘휘 내저으며 시치미를 뗀 아렌트가 화제를 돌려 버렸다.

"이렇게 작은 개체는 그냥 바닥 기어 다니고, 가끔 깨무는 게 다예요? 딱히 별다른 능력은 없고?"

"마침 잘 말씀하셨습니다. 지금 당장은 확인할 수 없지만, 이놈이 2, 3일에 한 번씩 분열해서 개체 수를 늘리더군요."

슈타들러 백작이 기다렸다는 듯이 설명을 늘어놓기 시작했다.

"아렌트 경이 작은 영지에서 처리하신 놈을 표본 삼아 만들었습니다. 구울을 쏟아 내는 모체가 된 녀석인데, 아마 이런 모습이 되어서도 그 습성이 남아 분열하는 것이 아닌가 싶습니다. 확인해 봤더니, 이놈에게서 분열해 나온 녀석들은 따로 번식하거나 개체수를 늘리는 능력을 상실했더군요."

모체에서 태어난 구울들이 그랬듯, 이 작은 살덩어리에서 분열해 나온 것들은 그저 무지성의 공격성을 띠고 약간의 재생력을 지녔을 뿐이었다.

"다이아나 단장님이 에버란 왕국 국경에서 회수해 오신

정령석으로도 비슷한 걸 만들어 보았습니다만, 분열할 수 있는 건 오로지 이놈뿐이었습니다. 그렇다는 건 '분열'은 이놈만이 가진 고유 능력이라는 뜻이겠죠. 그래서 추측했습니다만, 지클린이 어떤 정령석을 사용했느냐에 따라 적의 용도나 외견이 달라지는 것이 아닐까 합니다."

아렌트가 맞서 싸웠던 것은 거대한 인간 형태였고, 라이오스는 드래곤의 외형을 한 호문쿨루스를 쓰러뜨렸다.

그리고 이번에 에버란 왕국의 국경에 나타났던 것은 거대한 뱀이었다고 했다.

거기에 더해, 호문쿨루스가 출현하기 이전 나타난 괴물들 역시 다양한 양상을 보였다.

구울, 키메라, 그리고 인간에 한없이 가까운 존재들까지 있었으니까.

"잠깐만 기다려 주세요."

슈타들러 백작이 잠깐 자리를 비웠다.

잠시 후, 그는 산더미 같은 책과 자료 뭉치를 껴안고 돌아왔다.

쿠웅!

그가 종이 더미를 내려놓자 땅이 조금 흔들릴 지경이었다.

"기사단 여러분이 황궁에 제출하신 보고서를 토대로, 지금껏 나타났던 개체들을 전부 기록하고 분류해 보았습니다! 하하하하!"

"……."

자랑스럽게 외치는 백작의 눈이 어쩐지 약간 돌아 버린 것처럼 보였다.

질린 눈으로 자신을 바라보는 드래곤과 견습 기사를 앞둔 채 슈타들러 백작이 핏발 선 눈으로 주절댔다.

"비록 말도 안 되게 힘든 작업이었지만, 제가 누굽니까? 심지어는 연이은 전투 때문에 보고서조차 제대로 올라오지 않은 곳도 있었고, 적 개체에 대한 보고도 확실하지 않은 부분이 많았지만! 그래서 탐험가 연합과 우리 연구원들이 전투가 끝난 지역에 방문해서 시신 일부를 수거하는 작업도 했습니다!"

"……."

"하하하, 그것을 하나하나 분류하고 맞추는 작업도 꽤 즐겁더군요! 그리고 자료를 분류하는 것은 칸 연합의 도움을 받았습니다. 아르크스 부연합장께서 고생해 주셨지요."

연구원들이야 그렇다 치더라도, 탐험가 연합원들이나 아르크스에게는 그야말로 날벼락이었을 터였다.

낄낄대는 백작을 앞에 둔 렉시온이 슬쩍 뒤로 한 걸음 물러섰다.

저 또라이와 조금이라도 멀어지고 싶다는 몸짓이었다.

"판별할 수 있는 것은 모두 기록해 두었습니다만, 모두 바쁘신 분들이니 하나하나 검토할 시간은 없으시겠지요. 그래서 간략히 분류해 두었으니 나중에 복귀하실 때 필사본을 드리겠습니다. 황태자 전하께도 전달해 주시면 감사합니다."

그렇게 말하며 슈타들러 백작은 비교적 얇은 책자를 아렌트에게 펼쳐 보여 주었다.

구울들을 대략적으로 스케치한 그림들과 신체적 특징, 그리고 연구 결과 등이 간략하게 기록되어 있었다.

"여유 있으실 때 천천히 살펴보세요. 분명히 도움이 될 겁니다. 그리고 이 녀석 말입니다만."

슈타들러 백작이 살덩어리가 꿈틀대는 유리 상자를 통, 두드렸다.

"좀 더 관찰해 보겠습니다. 혹시 황태자 전하께서 직접 보고 싶다고 말씀하신다면 하나 비슷한 것을 만들어 드릴 수도 있습니다만. 그리 위험하지는 않을 겁니다."

"호오……."

순간 아렌트의 눈에 강한 이채가 돌았다.

그것을 알아본 렉시온이 질색하며 말했다.

"네가 황태자를 괴롭히든 말든 내 알 바는 아니다만, 시끄러워지는 것은 사양이니 아서라. 내가 먼저 불태워 버릴 줄 알아."

진심이 듬뿍 담긴 경고에도 아렌트는 뻔뻔하게 어깨를 으쓱할 뿐이었다.

"혹시 아나요. 황태자 전하께서 별난 동물을 키우시는

취미가 있으실지."

"저건 별난 동물이라고 할 수 있는 것도 아니고, 내가 알기론 황태자에게 그런 취미는 없다. 네 속셈을 모를 줄 아나? 내가 분명 말했다. 태워 버린다고."

"칫."

아쉽다는 듯 혀를 차는 아렌트를 어이없이 흘겨본 렉시온이 다시 슈타들러 백작에게 시선을 주었다.

"너도 적당히 해. 분석에서만 끝내야지, 그것을 토대로 뭔가를 더 만들어 보려는 시도는 위험하다. 특히나 백작, 너는 호기심이 지나치게 많아."

"하하…… 명심하겠습니다."

슈타들러 백작이 머쓱하게 웃음을 터뜨렸다.

"하지만 걱정하실 일은 없을 겁니다. 전에 말씀드렸다시피 연구원들은 모두 단단히 단속 중입니다. 그리고 제 연구욕은 모두 충족되고 있습니다. 그리고……."

잠깐 뜸을 들인 슈타들러 백작이 아렌트에게 시선을 주었다.

"제게 두 번째 삶을 열어 주신 아렌트 경과 황실에 해를 끼칠 일은 결코 하지 않을 것입니다. 저는 지금도 아주 만족합니다. 렉시온 님이 해 주신 말씀도 뼈에 새기겠습니다."

창백한 얼굴로 환하게 미소 짓는 백작에게서 거짓을 말하는 기색은 전혀 보이지 않았다.

"무엇을 염려하시는지는 잘 알겠습니다. 이놈도 알아낼 부분만 알아낸 다음에 꼭 폐기하겠습니다. 솔직히 이것을 이용해서 적들과 비슷한 무기를 만들어 낼 수도 있겠다는 생각을 안 해 본 것은 아닙니다만, 결코 실행하지는 않을 겁니다. 이 땅에서 살아가는 자로서 넘어서는 안 될 선은 분명히 있으니까요."

슈타들러 백작이 굳게 약속하고 나서야 렉시온이 고개를 끄덕였다.

"좋아, 그리고 이 자식한테는 절대로 넘기지 말고. 세상에서 제일 못 믿을 게 이놈이다."

"제가 뭘 했다고요."

옆에서 쫑알거리는 아렌트에게 렉시온이 짜증스럽게 쏘아붙였다.

"조용히 해라. 따지고 보면 네가 제일 위험한 놈이야."

"칭찬 감사합니다."

"이게 칭찬으로 들렸나?"

티격태격하는 렉시온과 아렌트를 흐뭇하게 지켜보던 슈타들러 백작이 다시 입을 열었다.

"그리고 아렌트 경께 사소한 부탁이 있습니다."

"뭔데요?"

렉시온과의 대거리를 멈춘 아렌트가 자신을 보자, 슈타들러 백작이 환하게 웃었다.

"기사단 여러분께서 바쁘고 정신없으신 줄은 압니다

만, 제발, 꼭, 보고서는 제대로 작성해 주셨으면 합니다. 특히 적 개체에 대한 것들이요."

"……"

"물론 칸 연합 측과 탐험가 연합의 도움을 받고는 있지만, 그것도 한계가 있지 않겠습니까? 몇 달 새 벌써 다섯 명의 연구원이 못 하겠다며 그만둬 버렸습니다."

거뭇하게 물든 백작의 눈매가 더할 나위 없이 상냥한 미소를 그려냈다.

"그러니, 제발 꼭 부탁드립니다. 아렌트 경의 보고서야 언제나 군더더기 없습니다만, 다른 분들께 꼭 전달해 주시면 감사합니다."

성큼.

백작이 아렌트에게 가까이 붙어 섰다.

"제발, 제가 연구를 즐기는 편이긴 합니다만, 그래도 업무량이 너무 쌓이면 조금 곤란합니다."

싱글벙글 웃는 얼굴이 구울보다도 더욱 기괴해 보였다.

그것을 떨떠름하게 바라보던 아렌트가 제안했다.

"……누군지 색출해서 백작님 앞에 데려다 놓을까요?"

"그것도 나쁘지 않군요. 날림으로 작성한 보고서 대신 직접 오셔서 증언해 주시는 편이 나을 것 같습니다."

"알겠어요. 몇 명 잡아다가 넘겨드릴 테니까 저도 부탁 하나만 들어주세요."

순식간에 3기사단의 몇몇이 백작에게 팔려 간 순간이

었다.

흡족한 제안에 슈타들러 백작이 고개를 끄덕였다.

"아렌트 경이 부탁하시는 일이야, 얼마든지요."

"마정석 좀 새로운 형태로 가공해 주세요. 정령사가 수련하는 데 도움 될 수 있도록. 아무래도 렉시온 님이나 제가 하루 종일 붙어 있을 수는 없으니까요."

"세일럼 님 말씀이시군요. 소식은 저도 들었습니다. 혹시 미리 염두에 두신 형태라도 있으십니까?"

백작이 선뜻 대답하자 아렌트는 지금껏 생각해 오던 것을 하나하나 늘어놓기 시작했다.

"엘프니까 마력량은 충분한데, 그걸 정령들과 공유하면서 운용하는 게 아직 서툴러요. 검술을 동시에 수련하고 있으니 생각보다 진도가 빠르긴 하지만, 그래도 아직 실전에서 사용하기는 많이 부족해서."

"그렇군요. 그렇다면 최대한 세일럼 님의 마력 자체를 이용하는 방향으로 생각해 보는 게 좋겠습니다."

"……."

머리를 맞대고 두런두런 논의하는 두 또라이를, 렉시온은 그냥 슬그머니 외면해 버렸다.

인간에게 동정심을 가지지 않게 된 지 꽤 오래된 그였지만, 적어도 이 순간은 아무것도 모른 채 팔려 나간 기사들을 조금 안쓰러워할 수밖에 없었다.

5장. 함께하고 나발이고

함께하고 나발이고

슈타들러 백작과 이런저런 대화를 나누다 황궁으로 돌아오니 깊은 밤이 되어 있었다.

야간 근무에 나선 이들을 제외하고는 이미 모두가 잠든 시간이었다.

렉시온과 헤어지고 어슬렁어슬렁 생활관으로 들어간 아렌트는 곧장 자신의 방으로 향했다.

막 문고리를 잡는 순간, 뒤에서 익숙한 목소리가 그의 걸음을 잡아챘다.

"뭐야, 어디 갔다가 이제 들어와?"

아서였다.

속으로 한숨을 삼킨 아렌트가 몸을 돌렸다.

한없이 '아렌트'답게 뚱한 표정을 장착한 채였다.

"선배가 알아서 뭐 하게요?"

"하여튼 삐딱한 새끼. 뭐 하나 곱게 대답하는 법이 없어."

아서가 불만스럽게 툴툴거리자 아렌트가 되려 물었다.

"선배야말로 여기에서 뭐 해요?"

"자려고 누워 있었는데, 뭐가 살금살금 들어오는 기척이 느껴져서 나와 봤다. 왜? 넌 어디 다녀왔냐니까?"

그러자 약간의 짜증을 담은 대꾸가 돌아왔다.

아렌트는 어깨를 으쓱했다.

"렉시온 님이랑 마정석 광산예요. 세일럼이 말 안 했어요? 단장님한테도 보고했는데."

"단장님은 바쁘셔서 요 이틀 사이에는 얼굴도 못 뵀어. 나도 이래저래 정신이 없어서 세일럼 님이랑도 못 만났고. 어쩐지 우리 연무장에 계시더라니."

원하는 답이 돌아오자 그제야 아서가 표정을 풀고 투덜거렸다.

그러면서도 그의 눈동자는 아닌 척 아렌트를 아래위로 살피고 있었다.

그것을 알아차린 아렌트가 살며시 미간을 찌푸렸다.

"뭘 그렇게 봐요? 새삼 뜯어봐도 잘생겼다는 건 달라지지 않는데."

"어디 또 깨져 왔을까 봐."

의외로 선뜻 대답이 돌아왔다.

그렇게 말하면서도 아래위로 훑어보는 꼴이 거짓말을 하는 것 같지는 않았다.

아렌트는 잠깐 입을 다물다가 어이없이 쏘아붙였다.

"백작님 연구실 다녀왔다니까요? 깨질 데가 어디 있어요?"

"너야 언제 어디서 무슨 사고를 칠지 모르니까. 어쨌든 별일 없으면 됐어. 난 자러 간다. 너도 이만 자. 늦었어."

제 후배를 흉내 내듯 어깨를 어설프게 으쓱한 아서가 몸을 돌려 미련 없이 자리를 떴다.

아렌트는 자신의 방으로 돌아가는 아서의 뒷모습을 찜찜한 눈으로 쳐다보았다.

하지만 그것도 잠시, 아렌트는 그냥 신경을 꺼 버리기로 했다.

"진짜 애새끼 취급하는 것도 아니고."

어이없는 웃음을 담은 불평이 자연스레 흘러나왔지만, 그걸 들은 사람은 아무도 없었다.

* * *

며칠 뒤.

연회와 수여식의 여파가 잠잠해지고 아렌트의 근신도 끝났을 무렵, 슈타들러 백작에게서 선물이 도착했다.

시튼이 가져다준 상자를 확인한 아렌트는 곧장 세일럼

을 연무장으로 호출했다.

"주실 게 있다고요? 저한테요?"

세일럼이 어리둥절하게 묻는 말에 아렌트가 고개를 가볍게 끄덕였다.

"가까이 와서 손 내밀어 봐."

"……?"

세일럼은 의아한 얼굴을 하면서도 그의 말대로 순순히 다가와 손을 건네주었다.

얼마 전보다 좀 더 형태가 뚜렷해진 정령 둘이 호기심 어린 몸짓으로 세일럼과 아렌트의 옆을 맴돌았다.

아렌트는 세일럼의 가느다란 팔에 팔찌를 직접 채워 주었다.

세일럼이 눈을 동그랗게 떴다.

"이게 뭐예요?"

"훈련할 때 써. 슈타들러 백작님한테 특별히 부탁드려서 제작한 거야."

그 말에 세일럼의 눈이 더욱 커졌다.

할 말을 잃어버린 채 팔찌와 아렌트를 번갈아 보던 세일럼이 한참 만에 얼떨떨하게 물었다.

"절 위해서요?"

"하루빨리 쓸모 있어지고 싶다면서? 보아하니 전장에 안 나설 것 같지도 않고. 난 어린애 뒤치다꺼리하는 취미는 없거든."

아렌트가 시큰둥하게 대답했다.
"비싼 거니까 잃어버리지 말고."
"네? 정말요? 많이 비싼 거예요?"
감동한 얼굴로 팔찌를 만지작거리던 세일럼이 놀란 소리를 냈다.
아렌트는 그에게 담백하게 고개를 끄덕여 주었다.
"어, 그거 값으로 선배 몇을 팔아넘겼거든."
뜻 모를 말에 세일럼이 유순한 눈을 끔뻑였다.
아렌트는 세일럼을 위해서 친절하게 상황을 간략히 설명해 주었다.
"보고서 제대로 안 쓴 선배들을 색출해서 넘기는 값으로 그걸 받아 낸 거니까, 지금쯤 백작님한테 시달리고 있을걸?"
"……."
기사단 내에 보관 중인 보고서를 뒤져 범인을 색출하는 것은 아렌트가 맡았고, 그들을 잡아다가 백작에게 바치는 건 마침 할 일이 없던 렉시온의 몫이었다.
세일럼의 얼굴이 창백해지는 것도 순식간이었다.
"어쩐지 렉시온 님이 오전부터 안 보이시더라니……."
"백작님의 연구실로 가셨으니까. 저녁쯤에 선배들이랑 같이 돌아오실 거야."
또 그 연구실로 가라는 소리에 렉시온은 싫은 티를 팍팍 냈지만 아렌트는 가차 없었다.

그렇게 편리한 이동 수단을 그냥 내버려두는 건 크나큰 손해였으니까.

의외로 라이오스 역시 협조적이었다.

기사들을 빼내야 하니 단장의 허가가 당연히 필요한 일이었지만, 대충 사정을 들은 라이오스는 말없이 아렌트에게 보고서 보관함의 열쇠를 건네줄 뿐이었다.

알아서 색출해 백작에게 넘기라는 뜻이었다.

"그러니까 잃어버리지 말라고. 보고서 하나하나 뒤지는 것도 상당히 귀찮았거든."

"……."

뜻밖의 선물을 받았으니 당연히 감사 인사를 해야 할 텐데, 봉변당한 기사들을 떠올리니 선뜻 입이 열리지가 않았다.

"그, 감사…… 합니다. 일단은요."

한참 만에 떨떠름한 얼굴로 인사를 건넨 소년에게 아렌트가 명령조로 말했다.

"우선 마력부터 운용해 봐. 바로 반응할 테니까."

"네, 알겠어요."

여전히 개운치 않은 얼굴이었지만, 세일럼은 고개를 끄덕였다. 그림자 종족 엘프 특유의 마력이 움직이기 시작했다.

그리고 잠시 후, 세일럼의 마력이 자연스레 팔찌 쪽으로 모여들더니 장식물에 박힌 마정석에 깃들었다.

세일럼의 마력을 머금은 마정석이 은은하게 빛을 내기 시작했다.
　세일럼이 눈을 크게 떴다.
"우와……."
"드래곤 레어에서 찾아낸 책 중에 정령술에 관한 게 제법 있더라고. 그래서 몇 권 참고해 봤지."
　인간 중에는 정령사가 극히 드무니, 칼리온 제국 안에서 자료를 찾는 데는 한계가 있었다.
　게다가 정령술은 마법이나 검술과는 달리 체계적인 수련보다는 정령과의 교감에 의존하는 영역이니, 교본이 부족할 수밖에 없었다.
　정보 부족으로 고민하던 아렌트가 떠올렸던 게 바로 마정석 광산과 호수 레어에서 발견한 드래곤의 책들이었다.
　아니나 다를까, 렉시온과 슈타들러 백작이 번역했던 것들에서 쓸 만한 정보를 제법 찾을 수 있었다.
"하지만 아렌트 경도 정신없으셨을 텐데, 어느 틈에…… 게다가 정령술은 렉시온 님께서 도와주고 계시니까 그렇게까지 안 해 주셔도 괜찮았을 텐데요."
　세일럼이 허둥지둥 꺼낸 말에 아렌트가 쯧 혀를 찼다.
"꼬맹이 주제에 말이 많네. 애초에 렉시온 님이랑 너는 조건이 너무 다르잖아. 렉시온 님의 가르침도 나쁘지야 않겠지만, 마력을 운용할 수 있는 그릇 자체가 다르다고."

인간보다야 엘프인 세일럼이 마력 운용 능력 부분에서는 훨씬 낫겠지만, 그렇다고 해서 드래곤인 렉시온에 비할 바는 못 되었다.

"너도 그 부분 때문에 헤매고 있었잖아. 렉시온 님은 그냥 손가락 하나 까닥하는 것처럼 쉽게 하시는 것 같은데, 넌 그걸 흉내 내기도 벅차니까. 게다가 검술까지 같이 배우려고 하니까 더 헷갈릴 수밖에."

"진짜 아렌트 경은……."

가만히 듣던 세일럼이 개운치 않게 중얼거렸다.

사람이 좋은 건지 나쁜 건지 구분하기가 힘들었다.

성격이 이상하다는 것 하나만큼은 확실했지만.

아렌트가 눈썹을 살짝 치켜올렸다.

"뭐 불만이라도?"

"아뇨, 없습니다. 그럴 리가요."

황급히 양손을 내저은 세일럼이 화제를 돌렸다.

"그래서, 이건 어떻게 사용하면 되는 거예요?"

"대단한 건 없고. 너는 지금 정령들에게 마력을 효율적으로 공급하면서, 동시에 검술을 펼칠 때 체내의 마력을 순환하는 게 어려운 거잖아."

"네, 그렇죠."

세일럼이 고개를 끄덕였다.

정령술과 검술, 둘 중 하나만 해도 첫 단계에서 마력 운용법을 제대로 터득하기까지 시간이 오래 걸릴 수밖에 없었다.

더군다나 세일럼의 경우엔 계약한 정령까지 둘이나 되는 바람에 난도가 더욱 올라가고 말았다.

"쉽게 말하자면 그 팔찌는 마력을 분산해서 공급하는 걸 좀 더 편하게 만들어 주는 거지. 정령들에게 마력을 나눠 주고 남는 마력을 체내에서 쉽게 순환할 수 있도록."

"우와······."

엘프 소년의 입에서 순수한 감탄사가 터져 나왔다.

고작 며칠 만에 이걸 만들어 낸 슈타들러 백작도 대단했지만, 세일럼이 뭘 어려워하는지 빠르게 알아내고 고대의 자료를 뒤져 이런 것을 고안해 낸 아렌트도 그에 못지않았다.

"아티팩트를 발동하는 거랑 비슷한 느낌으로 쓰면 돼. 그렇다고 팔찌에 너무 의지하지 말고. 사용하면 편리하긴 하겠지만, 나중에 마력 운용에 익숙해지면 그냥 빼 버려. 실전에서 파손되거나 잃어버릴 경우도 생각해야 하니까."

전장에서 한창 싸우다가 고작 팔찌 하나를 잃었다고 무력해지면 그것도 곤란했다.

그 말뜻을 알아들은 세일럼이 크게 고개를 끄덕였다.

"네. 명심할게요, 아렌트 경. 신경 써 주셔서 감사합니다."

아렌트를 올려다보는 호박색 눈이 초롱초롱하게 반짝

이고 있었다.

팔려 나간 기사들이야 어쨌든, 정신없이 바쁜 와중에도 서적을 뒤져 이런 물건까지 직접 고안했다는 사실에 적잖게 감동한 눈치였다.

하지만 아렌트는 호락호락한 사람이 아니었다.

"그럼 지금부터 바로 해 봐. 우선 휘두르기 200번."

"……."

보석처럼 빛나던 눈이 순식간에 죽은 동태 눈깔이 되었다.

"자, 잠깐만요. 200번이요? 왜 전보다 더 늘어났어요?"

"편리한 물건이 생겼으니 훈련은 더 빡세게 하는 게 당연하지. 100번은 그냥, 나머지 100번은 정령들 시켜서 방어 장막 펼친 채로 해. 마력 운용에 익숙해지는 게 지금은 최우선이니까."

"……."

"끝나면 바로 하체 운동. 저녁에는 대련할 거니까 그렇게 알아. 자카르 님께 미리 시간 비워 달라고 말씀드리고 온 참이니까."

언제나 그랬듯 지극히 옳은 말이었지만, 당하는 입장에서는 고맙다는 말이 쏙 들어가는 처사였다.

하지만 자신이 자처한 고생길이니 세일럼에게는 불평할 자격조차 없었다.

결국 세일럼은 훈련용 목검을 쥐고서 터덜터덜 연무장

한가운데로 갈 수밖에 없었다.
 아렌트는 시키는 대로 검을 움직이기 시작하는 세일럼의 움직임을 눈으로 담았다.
 '역시 엘프라서 그런가.'
 배우는 게 상당히 빨랐다.
 얼마 전까지만 해도 어설프게 휘적거리는 것처럼 보이던 검로가 어느새 그럴듯하게 자리 잡힌 게 보였다.
 아직 실전에서 써먹기에는 한참 멀었지만, 언젠가는 칸타레스가 기대했던 대로 훌륭한 정령검사가 되겠지.
 "……나도 몸이나 좀 풀어 볼까."
 세일럼을 지켜보던 아렌트는 옷깃의 단추를 몇 개 풀었다.
 병상에서 일어난 직후에는 감시가 심해서, 그 뒤로는 세일럼을 가르치느라 정작 자신의 훈련은 제대로 하지 못한 그였다.
 이제 슬슬 내버려 둬도 알아서 잘하니, 남는 시간에 잠시나마 집중해서 움직여도 나쁘지 않을 것 같았다.
 그렇게 막 아렌트가 검을 뽑으려는 순간.
 연무장 문이 벌컥 열렸다.
 "야, 아렌트. 있냐?"
 라이더였다.
 아렌트는 반쯤 뽑혀 나온 검을 다시 갈무리할 수밖에 없었다.

함께하고 나발이고 〈215〉

"에이 씨, 진짜. 왜요?"

"넌 선배가 부르는데 에이 씨가 뭐냐? 어쨌든, 그게 중요한 게 아니고."

얼굴을 와락 구기고 쏘아붙이던 라이더가 퍼뜩 정신을 차렸다.

"회의 소집이니까 빨리 와. 난리 났어, 지금!"

"갑자기 왜 그래요? 무슨 일이라도 터졌어요?"

아렌트의 미간이 살며시 찌푸려졌다.

하긴, 어지간히 급한 일이 아니라면 라이더가 황태자의 연무장까지 다짜고짜 쳐들어오지는 않았을 터였다.

라이더가 급하게 설명했다.

"네펠레 왕국에서 전갈이 왔어. 영지 하나가 통째로 없어졌다고."

영지가 없어졌다.

그의 말을 이해하기 위해 아렌트는 몇 초간 시간을 할애해야 했다.

잠시 후, 아렌트는 탁 소리 나게 이마를 짚었다.

"……골 때리네, 진짜."

이 망할 세상은 조용한 날이 단 하루도 없었다.

* * *

영지가 없어졌다.

그게 비유적인 표현이 아니라는 것은 얼마 지나지 않아 알 수 있었다.

세일럼을 연무장에 두고 곧장 라이오스를 찾아간 아렌트는 단장에게서 간략하게 사정 설명을 들을 수 있었다.

"네펠레 왕국에서 급보가 왔다. 영지 하나가 전부 당했다더군. 아무리 봐도 정상적인 상황은 아니라 우리 쪽으로 지원 요청이 온 거다."

라이오스가 풀어놓은 이야기는 생각보다도 어마어마했다.

사건이 벌어진 현장은 네펠레 왕궁에서 제법 떨어진 곳의 한적한 영지였다.

영지민 대부분이 어업에 종사하고, 영주 역시 항구 사업을 작게 꾸려 가며 조용히 살던 사람이었다.

그 덕에 영지는 이렇듯 급변하는 사태 속에서도 평화로운 일상을 영위할 수 있었다…… 고.

다들 그런 줄 알았는데.

"영주의 심부름으로 2주 동안 자리를 비웠던 관리인이 복귀하는 길에 현장을 발견했다고 한다. 이미 영지가 완전히 초토화되어 있었다더군."

"초토화됐다는 게 무슨 말이에요?"

아렌트가 살짝 인상을 쓰며 묻는 말에 라이오스가 착잡하게 대답했다.

"설명 그대로야. 영주성과 항구, 상가, 민가 전부 파괴

되었다더군. 유해조차 찾을 수 없었다고 했다. 네펠레 왕국군이 조사한 결과, 강력한 일격으로 도시 전체가 날아갔다고 한다."

"……."

이야기가 이어질수록 아렌트의 눈썹이 점차 구겨졌다.

그런 짓을 할 수 있는 존재는 이 땅에 딱 하나뿐이었다.

"드래곤이네요."

"그렇겠지."

아렌트의 짤막한 한마디에 라이오스가 고개를 끄덕여 긍정해 주었다.

"정황상 렉시온 님이 이전에 언급하셨던 니케포르라는 드래곤의 소행이 아닐까 한다."

네펠레 왕국 역시 드래곤의 짓임을 직감하고서 제국 쪽으로 가장 먼저 전갈을 보냈다.

한때 네펠레 왕국을 쥐락펴락했던 드래곤, 렉시온이 칼리온 제국에 머물고 있다는 걸 아는 탓이었다.

"가능하다면 렉시온 님의 도움을 받고 싶다고 왕국 측에서 요청이 왔다만. 네 생각은 어떻지?"

"뭘 제 생각까지 물어요. 이미 결론 다 내려 놓고."

아렌트가 불퉁하게 대꾸했다.

"대륙에서 활동 중인 드래곤은 렉시온 님이랑 그 니케포르라는 자뿐이에요. 그리고 니케포르는 체르니온의 열

렬한 추종자인 모양이니…….."

살짝 인상을 찌푸린 아렌트가 덧붙였다.

"니케포르가 움직였다는 건 곧 체르니온 교가 움직였다는 말이겠죠."

"역시 그렇겠지. 그리고 이유 없는 파괴 행각을 벌인 것은 루체 님을 모시는 진영을 향한 명백한 도발일 테고."

라이오스가 담담히 대답했다.

"게다가 이번 사건이 알려지면서 사람들이 불안에 떨고 있다."

"네? 네펠레 쪽에서는 입단속 안 시켰대요?"

아렌트가 눈썹을 치켜올리자 라이오스가 무겁게 고개를 끄덕였다.

"때를 맞추지 못한 거지. 현장을 발견한 영지의 관리인이 곧장 근처 도시까지 달려가서 왕궁에 소식을 전했다고 하는데…… 그 과정에서 말이 퍼진 모양이다."

단장의 미간이 살짝 찌푸려졌다.

"제법 큰 소란이 벌어졌던 듯하더군. 관리인이 반쯤 실성한 상태로 고래고래 소리를 지르면서 옆 영지로 뛰어들었다고 하니까."

딱히 이상한 일은 아니었다.

잠깐 출타했던 동안 영지가 송두리째 없어졌으니, 제정신을 유지하기란 쉽지 않을 터였다.

쯧, 혀를 찬 아렌트가 마뜩잖은 얼굴로 투덜거렸다.

"그렇다면 드래곤의 소행이라는 소문도 당연히 퍼졌겠네요. 체르니온 교가 개입했다는 것까지도 덤으로."

칼리온 제국 황궁에서 드래곤의 유해를 전시한 후, 드래곤이 아직 실존한다는 사실이 전 대륙에 알려졌다.

영지 하나가 송두리째 없어졌다는 말도 안 되는 사태 앞에서 사람들은 자연스럽게 드래곤과 악신을 연상했겠지.

"거기 살던 사람들은요? 설마 전멸했어요?"

"그렇게 단언할 수는 없겠더군."

그 말에 아렌트가 의아한 기색을 드리우려는 찰나, 라이오스가 덧붙였다.

"유해가 전혀 발견되지 않았다."

"……단 하나도요?"

견습 기사가 미심쩍게 묻는 말에 단장이 차분하게 고개를 끄덕였다.

"아직까지는 조사 중이라지만, 그럴 확률이 높다. 그래서 네펠레 왕국 측에서도 아직 그들이 생존해 있을 가능성도 염두에 두고 있더군. 황태자 전하께서도 같은 의견이시고. 나 역시 그래."

드래곤이라면 영지 사람들을 모조리 납치한 후 텅 비어 버린 영지를 쓸어버리는 것도 가능할 것이다.

"거두절미하자면, 난 이게 함정이라고 판단했다."

"호오."

그의 말에 아렌트의 눈에 이채가 돌았다.

"어째서요?"

잠깐 착잡한 눈으로 아렌트를 내려다보던 라이오스가 툭 내뱉었다.

"……단장님 주제에 제법인데요, 하는 눈으로 쳐다보지 마라."

"아니, 평소 단장님이라면 함정이라는 말을 입에 올리지도 않았을 것 같아서요."

아렌트가 주머니에 손을 찔러 넣으며 대꾸했다.

"함정이든 아니든 상관없다. 우리가 할 일은 하나뿐이니까. 뭐, 이런 식으로."

"……."

미처 변명할 말이 없었다.

잠깐 입을 꾹 다물고 있던 라이오스가 짧게 한숨을 내쉬었다.

"네 말대로 고지식해 빠진 나라도 학습 능력이라는 게 있다. 어쨌든, 내가 굳이 설명하지 않아도 알 텐데."

"뭐, 그렇긴 하죠."

아렌트가 마음에 안 든다는 투로 대꾸했다.

"누가 봐도 찾아오라는 거잖아요, 이건."

다시 전쟁의 불씨를 지피고 싶었던 거라면, 이런 식으로 사람들을 싹 빼돌린 뒤 모습을 감춰 버리지는 않았을 것이다.

아렌트의 눈이 스산하게 가라앉았다.

"망할 새끼들이 인질극이라도 하고 싶은가 보죠."

생각보다 골치 아픈 상황이었다.

지금껏 렉시온이 그랬듯, 니케포르 역시 자신의 존재감을 거의 드러내지 않고 있었다.

그러나 니케포르는 더 이상 숨어 지내지 않을 작정인 듯했다.

라이오스가 굳이 입에 담지 않은 상황들 역시 눈에 선했다.

평화롭던 해안가의 영지가 가루가 됐고, 그 원흉이 드래곤이라는 것이 알려졌다.

지금 이 대륙에서 그런 흉악한 짓을 할 만한 놈은 체르니온 교단뿐이니, 사람들은 자연스레 드래곤이 악신교에 몸을 담고 있으리라는 사실까지 짐작해 냈을 터였다.

"지금껏 잠자코 있던 드래곤이 갑자기 전면에 나설 줄은 몰랐군."

"더 이상 숨을 이유가 없다는 거겠죠. 렉시온 님이 이쪽에 합류하셨으니까."

라이오스가 착잡하게 중얼거리자 아렌트가 답을 내주었다.

체르니온 교가 지금껏 모습을 숨기고 음지에서 움직이려 했던 것은, 루체 신을 따르는 칼리온 제국의 허를 찌르기 위함이었다.

하지만 이미 체르니온이라는 이름이 널리 퍼지고 성검까지 세상 밖으로 나온 이상, 니케포르 역시 더는 몸을 숨길 필요가 없어진 것이다.

'남은 건 이제 전면전뿐이라는 거지.'

헛웃음이 흘러나왔다.

"그래서, 단장님은 어쩌실 건데요?"

"당연히 가야지. 어쩌면 생존자가 남아 있을지도 모르니."

굳이 입 밖으로 꺼내기도 새삼스러운 물음에 지극히 상식적인 대답이 돌아왔다.

"그리고 애초에 다른 선택지도 없지 않나. 성검의 무게란 그런 걸 테니까."

"……."

아렌트의 얼굴이 구겨졌다.

단장이 한 말대로였다.

결국 라이오스 드 윈프리드는 영웅이라는 이름을 지고 성검과 루체라는 거추장스러운 왕관과 함께 가장 최전선에 떠밀릴 수밖에 없었다.

온 세상이 그것을 바랄 테니까.

그리고 라이오스는 그것을 알면서도 제 발로 사지까지 걸어 들어갈 만한 사람이었다.

'이거야말로 지독한 함정이군.'

지금의 라이오스가 루체에 대해 어떻게 생각하는지는 아렌트도 몰랐다.

아직까지 일말의 원망이 남아 있을지도, 어쩌면 아렌트를 돌려받았다는 생각에 신앙심이 더욱 돈독해졌을지도 모를 일이었다.

그러나 신앙심이 어떻게 되었든, 라이오스는 제 어깨에 매달린 숱한 목숨들을 모른 척할 수 있는 위인이 못 되었다.

괜히 언짢아진 아렌트는 삐딱한 시선으로 라이오스를 올려다보았다.

"그것참, 잘나셨네요. 어쨌든 슈타들러 백작님께 가 있는 렉시온 님부터 호출하겠습니다. 선배들 몇몇도 거기에 있으니까요. 같이 돌아오라고 말씀드릴게요."

"사안이 사안인 만큼, 3기사단 전체를 파견하기로 했다. 자카르 님과 안개숲 친위대도 동행하기로 되었고, 르웰린 왕자님께서도 함께하시고 싶다 말씀하시더군. 그리고……."

견습 기사를 향한 라이오스의 눈에 한순간 불안감이 드리웠다.

그것을 어렵잖게 알아본 아렌트가 단장이 뭐라 말하기도 전, 먼저 선수를 쳤다.

"3기사단 전부 다 간다면서요? 당연히 저도 갈 겁니다. 지금 제가 지나칠 정도로 팔팔하다는 건 단장님이 제일 잘 아시잖아요?"

"……그건 그렇다만."

라이오스가 시원찮게 대답했다.

기사단장 역시 잘 알고 있었다.

지금껏 악신교에 관한 모든 일에 개입하던 아렌트를, 위험하다는 이유로 새삼스레 임무에서 제외한다는 건 말도 안 되는 일이었다.

게다가 렉시온의 적극적인 협조를 얻기 위해서라도 아렌트는 꼭 필요한 존재였다.

하지만 라이오스는 다시 위험한 현장에 그를 앞세워야 한다는 것이 지극히 달갑잖았다.

"잘 알다시피, 체르니온 교단은 널 경계하고 있다. 니케포르라는 드래곤 역시 널 주시하고 있을 확률이 높아. 그들의 영역 안으로 들어가면 분명히 또다시 네 목숨을 노려 오겠지."

"성검의 주인 주제에 잘도 말씀하시네요."

염려가 한가득 담긴 말에 노골적인 빈정거림이 돌아왔다.

"지금 놈들이 가장 경계하는 사람이 누구라고 생각해요? 단장님 허리에 매달린 성검은 뭐 장식입니까? 바로 옆에 영웅 칸의 후계라는 먹음직한 미끼가 있는데, 지나가는 피라미 따위에 관심이나 가지겠어요?"

"……"

함께하고 나발이고 〈225〉

영웅 칸의 후계라는 영광스러운 호칭이 미끼라는 단어와 나란히 놓이다니.

 언제나 감탄이 나올 정도로 환상적인 단어 선택이었다.

 "그리고 절 노리면 뭐 어쩔 건데요? 평생 숨어 다닐 수 있는 것도 아니고, 애초에 그럴 성미도 아닌 거 아시잖아요. 건방지게 자꾸만 기어 나와서 시비 털어 대는데, 한 대 처맞았다고 가만히 찌그러져서 있으라는 겁니까?"

 견습 기사는 착잡한 얼굴을 한 단장을 향해 짜증스레 쏘아붙였다.

 "시비 걸렸으면 한 대라도 더 패 줘야죠. 그래야 또 기어오를 생각을 안 하지."

 도대체 이놈은 뭘 먹고 자랐기에 이렇게까지 용맹한지.

 호되게 당한 연회 때부터…… 아니, 더 전부터 체감하고 있었지만, 역시 아렌트는 아렌트였다.

 결국 라이오스는 이번에도 두 손 두 발 다 들 수밖에 없었다.

 "알았다. 내가 잘못했다."

 "진작에 그러실 것이지."

 단장의 속이야 어떻든, 아렌트는 늘 그렇듯 읽어 낼 수 없는 시큰둥한 낯으로 덧붙였다.

 "일단은 그 망할 드래곤 놈이 뭘 하고 싶어 하는지 구경이나 해 보자고요. 안 그래도 슬슬 니케포르라는 작자의 면상도 한 번쯤 확인해 보고 싶었거든요."

니케포르 역시 렉시온과 마찬가지로 평화로웠던 시대의 잔재이자, 지난 대전쟁이 낳은 괴물이었다.

이렇게 갑자기 자신의 존재감을 드러내며 개입해 온 것을 보아하니, 드디어 악당으로서 무대 전면에 나설 준비를 마친 모양이었다.

"출정 준비해. 오늘 저녁에 바로 출발할 예정이다. 렉시온 님께 설명은 내가 드릴 테니, 단장실로 곧장 와 주시면 좋겠군."

마음을 가다듬은 라이오스가 여느 때와 같이 차분하게 지시했다.

그제야 아렌트 역시 퉁한 표정을 풀고 단정하게, 하지만 한편으로는 시큰둥하게 대답했다.

"네, 그렇게 전달할게요."

* * *

"……."

오랜만에 마주한 네펠레 국왕과 왕세자 이사벨라는 썩 좋은 안색은 아니었다.

자국에서 예상치 못하게 엄청난 일이 벌어진 탓도 있었지만, 지금 당장은 다른 근본적인 문제가 있었다.

바로 아렌트의 옆에 선 렉시온 때문이었다.

"괜찮습니다. 좀 사나운 드래곤이긴 합니다만, 물지는 않아요."

견습 기사가 툭 내뱉자마자 왕과 이사벨라의 얼굴이 더욱 창백해졌다.

렉시온이 황당하게 말했다.

"너, 지금 누굴 개 취급하는 거냐?"

"하아아……."

차마 국왕 앞에서 견습 기사의 입을 틀어막는 추태를 보일 수 없었던 라이오스가 한숨을 푹 내쉬었다.

"죄송합니다. 이 녀석 말은 그냥 무시하셔도 괜찮습니다. 전하께서 보내신 전갈을 받고 급히 지원하러 왔습니다. 칼리온 제국 황실 제3기사단의 단장, 라이오스 드 윈프리드입니다. 다시 만나 뵙게 되어 영광입니다."

"그, 그래. 먼 길 오느라 고생 많았네."

겨우 침착함을 되찾은 국왕이 라이오스에게 화답해 주었다.

하지만 그의 잔뜩 긴장한 시선은 여전히 렉시온에게 닿아 있었다.

이사벨라 역시 마찬가지였다.

꼿꼿한 자세로 선 그녀와 눈을 마주친 렉시온이 씨익 웃었다.

"오랜만이군, 왕녀. 아, 이제는 왕세자라고 했던가."

"……오랜만에 뵙습니다, 드래곤 렉시온 님."

잠깐 망설이던 이사벨라가 다시 한번 고개를 숙여 묵례했다.

"칼리온 제국에 머무신다는 소식은 들었습니다. 하지만 정말로 함께 와 주실 줄은 몰랐습니다. 더군다나……."

아렌트와 상당히 친밀해 보이는 모습으로.

이사벨라는 뒷말을 속으로 삼켰다.

저 앳된 견습 기사와 드래곤 렉시온은 빈말이라도 좋은 인연이라 말할 수 없었다.

어느 날 갑자기 악신교를 사칭하며 네펠레 왕국에 나타난 렉시온은 알로이스를 조종해서 아렌트를 죽이려 들었다.

하지만 렉시온은 보기 좋게 실패했고, 알로이스라는 장난감을 빼앗긴 뒤 왕국에서 물러나야만 했다.

그것만 보더라도 아렌트와 렉시온은 지독한 악연일 수밖에 없었다.

이사벨라가 하고 싶어 하는 말이 무엇인지 어렵잖게 짐작한 렉시온이 피식 웃음을 터뜨렸다

"원래 세상사란 그런 거지. 당분간은 같이 움직이기로 했으니, 그리 알도록."

"예, 알겠습니다. 제가 주제넘었습니다."

이사벨라가 더욱 깊이 허리를 숙였다가 다시 자세를 바

로 했다.

그녀의 시선이 이번에는 아렌트에게 닿았다.

무려 왕과 왕세자, 그리고 드래곤을 앞에 두고서도 견습 기사는 전혀 긴장한 기색이 없었다.

이사벨라에게서 애매한 목소리가 흘러나왔다.

"아렌트 경은…… 지난번과 조금 달라진 것 같은데."

아렌트는 예전 엘프 왕국으로 향하는 길에 라이오스 일행, 그리고 르웰린과 함께 잠시 네펠레 왕궁에 머문 적이 있었다.

그때도 아렌트는 상당히 눈에 띄는 청년이긴 했다.

도드라지는 외모와 더불어 기사다운 품행이 참 보기 좋은 젊은이라고, 국왕이 한참 동안 칭찬했던 기억이 아직도 생생했다.

하지만 지금의 아렌트는…….

"기분 탓이시겠죠."

최소한의 예의만을 지키며 고개를 건방지게 까닥이는 꼴이 누가 봐도 바람직해 보이지는 않았다.

버르장머리 없이 오냐오냐 키운 도련님처럼 도도한 표정에서 왕족을 향한 경애 따위는 전혀 보이지 않았다.

느슨하게 풀어진 자세에서도 버르장머리 없는 태도가 은은하게 흘러나왔지만, 그렇다고 해서 완전히 흐트러졌다는 것은 또 아니었다.

"기분 탓이라고?"

"······죄송합니다, 저하. 잠깐 실례하겠습니다."

이사벨라가 미심쩍게 되묻는 말에 라이오스가 결국 조용히 손을 들었다.

퍽.

"악!"

호되게 얻어맞은 뒤통수를 감싸 쥔 아렌트가 그 자리에 주저앉았다.

간단하게 그를 제압한 라이오스가 국왕과 왕세자를 향해 고개를 숙였다.

"제 가르침이 부족한 탓입니다. 대신 사죄드리겠으니, 너그러이 이해 부탁드립니다."

"······."

그 꼴을 한심하게 보던 렉시온이 끌끌 혀를 찼다.

"어지간히도 내숭 떨었던 모양이군."

"아오, 진짜. 그건 내숭이 아니라 연기라고 하는 겁니다."

"시끄럽다. 부끄러우니까 제발 조용히 해라."

뒤통수를 문지르며 아렌트가 불퉁하게 대꾸하는 말에 라이오스가 쏘아붙였다.

아옹다옹하던 세 사람을 아연하게 지켜보던 이사벨라는 그냥 이해하는 것을 포기해 버렸다.

결국 아렌트의 뒤통수를 한 대 더 치는 것으로 마무리한 라이오스가 분위기를 환기했다.

"네펠레 왕국에서 일어난 불미스러운 사태에 관해 우선 유감을 표합니다. 황태자 전하께서 명하신 대로, 남은 생존자를 확보하고 적을 배제하는 데 최선을 다하겠습니다."

"……다시 한번 와 줘서 고맙네, 라이오스 단장. 황태자 전하께도 큰 은혜를 입었군."

겨우 정신을 가다듬은 국왕이 고개를 끄덕였다.

"제국에서도 큰일이 벌어졌다 들었네만, 괜한 수고를 끼쳐 미안하군."

"아닙니다. 기사 된 자로서 응당 해야 할 일입니다."

라이오스가 덤덤하게 대답하자 국왕의 눈에 약간의 이채가 돌았다.

"과연 루체 님의 선택을 받은 영웅다운 기개로군."

"과찬이십니다. 상황은 전해 들었습니다. 저희가 추측한 바, 악신교에 몸담은 드래곤이 원흉인 듯합니다."

찬사를 겸손하게 받아넘긴 라이오스가 말을 이었다.

"몇 시간 후에는 남은 부하들과 르웰린 왕자님, 그리고 안개숲 엘프족 지원군도 도착할 겁니다. 그들과 합류한 다음에는 바로 현장으로 이동했으면 합니다."

"혹시 사소한 것 하나만 여쭤봐도 괜찮겠습니까, 단장?"

가만히 듣던 이사벨라가 조심스럽게 끼어들었다.

"물론입니다. 말씀하십시오."

"저희가 제국 쪽으로 전갈을 보낸 지 오늘로 꼭 4일이 되는 날입니다. 분명 황궁에서 출발하신다 들었습니다만, 어떻게 이리 빨리 당도하신 겁니까?"

"렉시온 님이라는 좋은 이동 수단이 있……."

아렌트가 막 끼어들려는 순간, 빛보다 빠르게 움직인 라이오스가 그의 입을 틀어막았다.

"……."

"렉시온 님께서 텔레포트 마법으로 도움을 주셨습니다."

인원이 꽤 많고 거리도 상당히 먼 탓에 한 번에 모두를 옮기는 것은 무리였다.

그래서 렉시온은 몇 번이나 왔다 갔다 하며 그 많은 인원을 모두 운반해야만 했다.

덕분에 빠르고 편하게 이동할 수는 있었지만, 편리한 이동 수단 취급받고 심기가 상해 버린 렉시온과 천연덕스러운 견습 기사 사이에 낀 기사들은 식은땀을 흘릴 수밖에 없었다.

"왕궁 안에 갑자기 많은 사람이 들이닥치면 놀라실 듯해, 남은 인원은 밖에 남겨 두고 저희 먼저 왕궁에 입성했습니다."

라이오스가 최대한 좋은 말로 설명했지만, 이미 왕과 이사벨라의 낯빛은 다시 백지장처럼 질려 있었다.

렉시온이 짜증스럽게 투덜거렸다.

"급하다고 해서 도와는 줬다만, 복귀할 때는 안 해 줄 거니까 그렇게 알아라."

"푸하! 치사하게 그러실······."

간신히 라이오스의 손을 떨쳐 낸 아렌트가 다시 쫑알대기 시작했다.

라이오스는 다시 한번 익숙하게 그의 입을 틀어막았다.

"자꾸만 이런 모습을 보여서 죄송합니다."

"······괜찮네."

국왕은 부하를 입단속 시키느라 바쁜 성검의 영웅과, 견습 기사와 끊임없이 말다툼을 벌이는 드래곤을 착잡하게 바라보았다.

나이 든 왕의 입에서 저도 모르게 진심이 듬뿍 담긴 한마디가 흘러나왔다.

"칸타레스 황태자 전하께서 고생이 정말로 많으시겠군."

"······."

라이오스는 차마 대답하지 못했다.

* * *

잠시 후, 라이오스가 예고했던 대로 르웰린 왕자를 포함한 남은 일행이 모두 도착했다.

황실 제3기사단과 자카르 교관이 이끄는 안개숲 친위대가 왕궁의 광장에 나란히 도열한 모습은 상당히 장관이었다.

"왕세자가 왕실 기사단과 동행할 것이네. 왕세자도 제 한 몸쯤은 건사할 줄 아니 너무 염려하지는 말고."

"배려에 감사드립니다."

라이오스가 네펠레 국왕에게 깊이 고개를 숙였다.

"아닐세. 우리 왕국 안에서 벌어진 일인데 이렇듯 두 팔 걷어붙이고 달려와 줬으니, 감사 인사는 내가 해야 하네."

국왕이 진지하게 말하며 라이오스의 어깨를 툭, 두드려 주었다.

"이번에는 도움받는 입장이지만, 네펠레 왕국 역시 기회가 닿는다면 언제든지 자네와 함께하겠네."

"말씀만으로도 든든합니다."

"루체 님이 언제나 함께하실 걸세. 라이오스 단장, 그대의 앞길에 빛만 가득하길."

호의 가득한 축복에 라이오스가 멈칫했다.

하지만 라이오스가 뭐라 반응하기도 전, 뒤쪽에서 마음에 안 든다는 목소리가 불쑥 끼어들었다.

"함께하고 나발이고, 출발이나 해요. 낭비할 시간 없다면서요."

"……."

훈훈하게 덕담을 주고받던 분위기가 순식간에 박살 났다.
 한발 물러서서 가만히 지켜보던 렉시온이 킥킥 숨죽여 웃기 시작했다.
 더 이상 지적하는 것도 피곤해진 라이오스는 그냥 아렌트와 렉시온을 무시해 버렸다.
 "이만 출정하겠습니다. 일이 진행되는 대로 틈틈이 보고하겠습니다."
 "……무운을 비네."
 국왕 역시 그냥 못 들은 척하고서는 말머리를 돌려 버렸다.
 왕실 기사단까지 합세한 병력은 라이오스와 이사벨라의 지휘하에 일사불란하게 왕궁을 빠져나갔다.
 견습 기사의 신분이니 원래는 행렬의 가장 뒤에 있어야 하지만, 아렌트는 말을 몰고서 자연스럽게 선두까지 따라붙었다.
 "저하, 궁금한 게 있습니다만."
 "편히 이야기하도록."
 이사벨라 역시 새삼 그 점을 지적하는 대신 그냥 허락의 말을 입에 담았다.
 "이번에 초토화됐다는 영지의 영주는 어떤 분이십니까?"
 "모티어 백작 말이군."

기억을 더듬는 듯, 이사벨라의 미간이 살며시 구겨졌다.

"이미 들었겠지만, 모티어 백작의 영지는 그저 조용하고 한적한 곳이었지. 백작 역시 사리사욕에는 그다지 관심을 두지 않고, 평생을 영지민을 살뜰히 보살피는 데 집중하던 이였다."

나이 많은 백작의 최대 관심사는 영지민들의 생활을 편안하게 만들어 주는 것뿐이었다.

"백작 부인과 그 딸 역시 사치 부릴 줄 모르고, 그저 온화한 성정을 가졌다더군. 모티어 백작도, 그 식솔들도 난 직접 만나 본 적이 단 한 번도 없지만."

"모티어 백작님 일가도 모두 실종되신 거죠?"

"그래, 그 영지에 있던 이들 모두 다 눈 녹듯 사라졌어."

이사벨라가 굳은 얼굴로 고개를 끄덕였다.

"관리인이 마침 자리를 비웠던 게 행운이었지. 그게 아니었다면 그도 같은 꼴을 당했을 거야."

"흐음."

아렌트가 애매한 소리를 내며 고개를 끄덕이자, 이번에는 이사벨라가 물었다.

"이 정도 정보는 이미 전달한 것으로 아는데. 굳이 새삼 질문하는 이유라도 있나?"

"별거 아닙니다. 그냥 한 번 더 확인해 두고 싶었을 뿐인지라."

아렌트가 무심하게 답을 내주었다.

"사라진 사람들을 무사히 구해 낼 수 있을 거라고는 절대로 장담 못 드립니다. 막말로 드래곤의 브레스에 뼈조차 남지 않고 녹아 버렸다고 해도 전혀 이상하지 않을 상황이니까요."

"그렇겠지."

아시벨라가 굳은 얼굴로 고개를 끄덕였다.

"하지만 그렇다 하더라도 결코 물러서지 않을 거다. 설령 적이 드래곤이라 하더라도, 네펠레의 국민에게 해악을 끼친 존재는 용서할 수 없다."

"저하, 굉장히 용감하십니다. 드래곤이랑 직접 싸우기라도 하시게요?"

노골적으로 빈정거리는 말이 돌아오자 이사벨라는 저도 모르게 얼굴을 굳혔다.

"필요하다면 그래야겠지."

"필요 없습니다. 어차피 왕국의 약해 빠진 병력이래 봤자 드래곤 앞에서 고개나 제대로 들 수 있을지 모르겠네요."

무미건조한 대꾸에 이사벨라는 결국 얼굴을 구기고 말았다.

"아렌트 경, 듣자 듣자 하니 지나치게 무례하군. 이곳에 목숨을 걸지 않은 사람은 단 한 명도 없다."

드래곤이 얼마나 두려운 존재인지는 이사벨라도 잘 알고 있었다.

렉시온에게 왕실이 농락당한 적도 있으니까.

왕실 기사단 역시 마찬가지였다.

그런데도 그들은 드래곤과 정면으로 맞서 싸워야 할지도 모를 위험한 전장에 나서겠다 자처했다.

드래곤이 다녀간 자리에 딸을 내보낸 국왕 역시 그들과 비슷한 각오를 다졌다.

"뭐, 그렇겠죠. 다만 그게 의미 있는 짓인지는 모르겠지만요. 검을 치켜들고 성난 드래곤한테 돌진해 봤자, 이 중 뼈나 추릴 수 있는 사람이 몇이나 될지 모르겠네요. 황실 기사단을 포함해서 말입니다."

하지만 아렌트는 여전히 냉소적이었다.

이사벨라는 진심으로 불쾌해지고 말았다.

"아렌트 경, 나는 경이 도대체 무슨 말이 하고 싶은 건지 모르겠는걸."

"직업상 위험한 곳에 고개를 들이미는 것까진 어쩔 수 없지만요. 그래도 저하나 저나, 저 사람들이나 다 먹고살자고 하는 짓이니까 어떻게든 목숨 건질 구멍 하나쯤은 만들어 둬야죠."

이사벨라는 언짢음을 고스란히 드러내며 되물었다.

"목숨 건질 구멍이라고?"

아렌트는 어깨를 으쓱여 주었다.

"네, 유사시에는 드래곤들끼리 싸움 붙여 놓고, 우리는 튀는 겁니다."

"……."

"그러라고 있는 드래곤이죠. 제가 렉시온 님을 회유하느라 얼마나 개고생했는데."

저게 기사로서 입에 담을 수 있는 발언인가.

이사벨라는 할 말을 잃어버리고 말았다.

그러거나 말거나, 아렌트는 시큰둥한 눈으로 그녀를 응시하며 덧붙였다.

"괜히 근처에서 얼쩡거리다 불똥 맞지 말고요. 부하들한테도 미리 그렇게 전해 두세요. 우리 쪽 사람들은 아마 알아서 잘 튈 겁니다."

"도망친다니, 늘 말은 잘하지."

라이오스가 불만을 가득 담아 중얼거렸지만, 아렌트는 그냥 무시해 버렸다.

　　　　　　＊　＊　＊

이동하는 내내 아렌트는 이사벨라에게 이런저런 질문을 던졌다.

대부분 사건이 일어난 모티어 영지와 백작가에 관한 거였다.

인구는 어느 정도였는지, 영주는 어떤 사람이었는지,

사건 전후로 이상 징후는 없었는지…….

 답을 내주기는 했지만, 이사벨라는 이 상황 자체에서 이상함을 느낄 수밖에 없었다.

 결국 이사벨라는 휴식 시간을 틈타 라이오스를 향해 질문을 던질 수밖에 없었다.

 "견습 기사가 사건에 대해 이런저런 관심을 가지는 것은 긍정적으로 생각합니다. 하지만 이것은 좀 과하지 않습니까?"

 "아렌트 경의 무례에 대해서는 제가 사죄드리겠습니다. 죄송합니다. 말버릇이 상당히 나쁜 녀석이라."

 라이오스가 묵묵히 고개를 숙이며 사죄를 건넸다.

 하지만 이사벨라는 고개를 내저었다.

 "아닙니다. 그 점을 새삼 책망할 생각은 없습니다. 단지 조금 의아해서."

 물론 이사벨라 역시 제국에서 아렌트의 입지가 어느 정도인지는 어느 정도 인지하고 있었다.

 칼리온 제국의 대신전이 습격당했을 당시의 일화도 전해 들은 참이었으니까.

 하지만 그것을 감안하더라도 지금 분위기는 다소 비정상적으로 느껴졌다.

 "제가 미리 알아야 할 게 있습니까? 알려 주신다면 참고하겠습니다."

 이사벨라가 침착하게 말했다.

그러자 라이오스는 조금 의외라는 눈으로 그녀를 보았다.

 단장의 눈빛을 읽어 낸 이사벨라가 가볍게 한숨을 내쉬었다.

 "저도 눈치라는 것이 있습니다, 단장. 단지 견습 기사의 어리광을 눈감아 주는 것처럼만은 보이지 않는 데다가……."

 이사벨라는 동료들 사이에 섞여 있는 아렌트를 슬쩍 눈짓했다.

 아렌트는 르웰린과 쓸데없는 언쟁을 벌이고 있었다.

 그 주변에는 다른 기사들 몇과 엘프 전사들까지 슬금슬금 모여들어 한두 마디씩 참견해 대는 중이었고, 렉시온 역시 관심 없는 척하며 그들의 대화를 듣다 타박을 놓곤 했다.

 그리고 휴식 시간에도 대열을 흩트리지 않은 네펠레 왕실 기사단은 그들에게서 눈을 떼지 못하고 있었다.

 "왕실의 기사들이 보이십니까? 모두가 저들을 신기하게 지켜보고 있습니다. 그러나 라이오스 단장께서는 저 광경이 퍽 익숙해 보이십니다만."

 르웰린이 소탈한 천성을 지닌 자라고는 하나, 그래도 엄연히 한 나라의 왕자였다.

 그러나 3기사단은 르웰린의 신분 따위는 전혀 신경 쓰지 않는 것처럼 보였다.

게다가 인간과 가까이 지내지 않기로 유명한 엘프들과도 허물없이 섞이고 있었다.

오가는 말이야 물론 곱지만은 않았지만, 신분이며 종족을 초월한 채로 편하게 대화를 나누는 모습 자체가 이사벨라와 네펠레 왕실 기사단에는 상당히 신선한 광경일 수밖에 없었다.

게다가 저 별난 조합의 구심점이 잘 웃지도 않고, 그저 까칠하기만 한 견습 기사라는 점이 더욱 놀라웠다.

"드래곤을 설득할 수 있는 자를 등한시하는 바보짓은 하지 않습니다. 그런 실수를 저지른다는 것은 왕위를 이을 자격이 없다는 뜻일 테니까요."

이사벨라가 쓰게 미소 지었다.

"겉보기만으로는 판단할 수 없는 청년이라는 것은 출발하기 전에 이미 확인했습니다."

왕궁을 처음 방문했을 때의 아렌트는, 그저 본인의 필요에 의해 얌전한 척하고 있었던 것뿐이라는 사실을 뒤늦게 깨달은 그녀였다.

"그래서 개인적으로는 썩 호감 가지 않는 인물입니다만…… 일단 네펠레 왕국의 은인이라는 데에는 변함이 없는 데다, 또다시 도움을 받는 처지에 분위기를 흐릴 수는 없으니까요."

"……긍정적으로 봐 주시니 그저 감사할 따름입니다."

라이오스가 가볍게 고개를 숙였다.

이사벨라는 그를 보며 진지하게 말을 이었다.

"하지만 역시 상식적으로 이해가 되지 않는 상황이라, 제가 어떻게 받아들이면 될지 조언을 구하는 것입니다. 혹여 저나 왕실 기사단이 실례를 저지르게 될지도 모를 일이고."

잠깐 뜸을 들이던 이사벨라가 덧붙였다.

"솔직히 말씀드리자면, 괜히 건드렸다가 제 속만 긁힐 것 같으니 미리 그 점을 방지하고자 하는 것이기도 합니다."

"……."

라이오스가 입을 다물었다.

차마 부정할 수 없는 말이었다.

잠깐 침묵하던 라이오스가 다시 운을 뗐다.

"……저 녀석은 저도 이해하기 힘들기 때문에 뭐라 쉽게 말씀드리기는 어렵습니다. 다만 저하께서 허락하신다면 몇 가지 이야기드릴 수는 있을 것 같습니다."

"부탁드립니다."

이사벨라의 허락이 떨어졌다.

잠깐 말을 고르듯 뜸을 들이던 라이오스가 천천히 운을 뗐다.

"아렌트는 의미 없는 짓은 하지 않습니다. 당장 납득하기 어렵더라도 나중에는 확실한 결과를 가지고 오는 녀석이니, 조금 불쾌하시더라도 너그럽게 이해해 주시면 감사드리겠습니다."

"······그렇군요."

고개를 끄덕이는 이사벨라의 눈에 얼핏 강한 흥미가 스쳤다.

역시 영웅의 생명을 구한 자라는 건지.

고작 견습 기사가 감당하기에는 과분한 신뢰였다.

하지만 라이오스도, 그 신뢰를 받아들이는 아렌트 본인도 그 점을 전혀 이상하게 생각하지 않는 것 같았다.

그녀가 잠깐 상념에 빠진 사이, 라이오스가 다시 운을 뗐다.

"그리고 몇 가지 더 당부드리고 싶은 것이 있습니다."

이사벨라는 영웅의 입에서 또 어떤 말이 흘러나올지 내심 기대되기 시작했다.

"네, 말씀하세요."

우직한 영웅과 그를 따르는 괴짜 동료에 관한 이야기는 언제나 즐거운 법이니까.

그러나 라이오스의 입에서는 뜻밖의 말이 튀어나왔다.

"저 녀석이 하는 말의 절반은 헛소리이므로 너무 귀담아듣지 않으셨으면 합니다. 네펠레 왕실 기사단에도 그렇게 전달해 두시는 편이 나을 듯합니다."

"······."

"차라리 말을 붙이지 않는 편이 나을지도 모릅니다. 그렇지 않다면 목적지에 도착하기도 전 뒷목을 잡는 인원이 나올 테니까요."

라이오스의 음성에는 저들 중 몇은 아렌트 때문에 약이 올라 뒤로 넘어갈 게 틀림없다는 확신이 서려 있었다.

이사벨라는 저도 모르게 떨떠름한 표정을 짓고 말았다.

"그, 라이오스 단장. 딱히 책망하려는 것도 아니고, 단지 호기심에 여쭤보는 것인데…… 아렌트 경은 아직 견습이라 들었습니다. 게다가 라이오스 단장을 따르는 것만큼은 진심으로 보입니다만, 그런데도 저지할 수 없는 겁니까?"

"그렇습니다."

라이오스가 단호하게 대답했다.

"아렌트를 막는 것보다 차라리 드래곤과 싸우는 편이 쉬울 것 같습니다. 하다못해 렉시온 님마저도 포기하셨으니까요."

"……."

아렌트에게는 드래곤조차도 편리한 탈것 취급당하는 판이었다.

한참 만에 이사벨라가 힘들게 고개를 끄덕였다.

"……그렇군요. 이해했습니다."

라이오스의 조언대로, 뭔가 사달이 일어나기 전 미리 왕실 기사단에 말을 전해 둘 필요가 있을 듯했다.

* * *

르웰린과 황실 기사단이 최선을 다해 아렌트를 붙잡아 두고, 이사벨라까지 미리 네펠레 왕실 기사단에 단단히 일러두긴 했지만 그럼에도 몇몇이 희생된 것은 어쩔 수 없었다.

결국 목적지에 다다를 무렵에는 왕실 기사단에 감돌던 긴장감까지 눈 녹듯 사라지고 말았다.

대신 건방진 견습 기사 때문에 열 받은 나머지, 언젠가 복수하겠다며 이를 부득부득 갈기 시작한 인원만 늘어났을 뿐이었다.

"왕세자 저하를 뵙습니다. 미천한 영지까지 직접 행차해 주시니 영광입니다."

왕세자를 맞이하기 위해 직접 성 밖까지 나온 영주는, 묘하게 지친 기색의 이사벨라를 보며 연신 눈치를 살폈다.

"저하를 뵙는 것은 참으로 오랜만입니다만…… 역시 먼 여정이 피로하셨던 모양입니다. 우선 휴식하실 공간을 마련할까요?"

"아닙니다. 괜찮습니다."

이사벨라는 애써 미소 지으며 거절했다.

지금 느끼는 피로감은 여독 따위 때문이 아니었으니까.

그녀 역시 왕실의 일원으로 검술 훈련을 받은 몸이라 이 정도의 여정으로 쉽게 지칠 리 없었다.

단지 단 한 명의 견습 기사에게 휘말려 덩달아 체통을 잃어버린 자신의 기사들을 지켜보고 있자니, 속이 조금 쓰려졌을 뿐이지.

"이쪽은 칼리온 제국 황실 제3기사단의 라이오스 드 윈프리드 단장님입니다. 그리고 안개숲 친위대의 대장 대리, 자카르 교관님과 에버란 왕국의 르웰린 왕자님께서도 동행하셨습니다."

이사벨라는 그냥 화제를 돌려 버렸다.

다행히 영주, 레이타르 후작가의 가주는 높으신 방문객들 쪽으로 관심을 돌렸다.

레이타르 후작이 밝게 웃으며 라이오스에게 악수를 청했다.

"악신교와 최전선에서 용감히 맞서 싸우시는 영웅들을 이리 만나 뵙게 되어 반갑습니다. 네펠레 왕국은 결코 이 은혜를 잊지 않을 것입니다."

"라이오스 드 윈프리드입니다. 반갑습니다."

대표로 나선 라이오스가 후작이 내민 손을 맞잡았다.

"상황이 급하니 사설은 최소한으로 하고, 곧장 본론으로 들어갔으면 합니다. 모티어 백작가의 생존자가 이곳에서 보호받고 있다고 들었습니다. 혹시 면담이 가능하겠습니까?"

"그림슨 말이군요. 가여운 친구 같으니."

레이타르 후작의 눈썹이 당장에 휘어졌다.

"상태가 아직 많이 안 좋긴 합니다만, 최대한 빨리 준비하겠습니다. 여러분께서 머무실 방도 마련해 두었습니다. 저를 따라오십시오. 안내해 드리겠습니다."

"감사합니다."

라이오스가 가볍게 묵례했다.

그에게 마주 고개를 숙인 후작은 일행을 안내하려 다시 몸을 돌렸다.

그때, 이사벨라가 그를 불러 세웠다.

"후작, 하나만 부탁해도 되겠습니까?"

"예? 물론이지요, 저하. 말씀만 하십시오."

갑작스러운 말에 레이타르 후작이 의아한 표정을 지었다.

이사벨라는 진지하게 말했다.

"가능하다면…… 황실 기사단과 왕실 기사단의 숙소를 따로 마련했으면 합니다. 왕실 기사단이 외부 여관에 따로 머무른다 해도 상관없으니까요."

상당히 뜬금없는 요구였다.

"예?"

레이타르 후작은 의아하게 눈을 끔뻑였다.

심각한 얼굴의 왕세자 옆에서 라이오스가 이마를 짚은 채 차마 고개도 들지 못하고 있었다.

그 옆에서는 르웰린이 필사적으로 웃음을 참고 있었고, 자카르는 슬그머니 딴청을 부리기 시작했다.
순간 상황을 이해하지 못해 멀뚱히 서 있던 후작이 급히 고개를 끄덕였다.
"그, 그리 준비하라 이르겠습니다. 시간이 조금 걸릴 듯하지만, 금방 마련할 수 있을 겁니다."
"아렌트가 역병 같은 놈이긴 하죠. 그럴 바에야 아렌트를 격리하는 게 낫지 않나요, 누님?"
결국 피식피식 새어 나오는 웃음을 참지 못한 르웰린이 농담처럼 물었다.
눈치를 살피던 자카르가 슬그머니 끼어들었다.
"아렌트 경만이 아니지. 3기사단도 제법 물들었다."
"안개숲 친위대도 말이죠."
르웰린이 장난기를 듬뿍 담아 툭 내뱉었다.
일말의 양심이라는 것이 남아 있는 자카르는 부정하지 않았다.
라이오스의 고개가 더욱 수그러들었다.
차마 긍정도, 부정도 하지 못한 이사벨라는 그저 입을 꾹 다물고 있을 뿐이었다.

* * *

양측 인원을 모두 숙소에 들여보낸 뒤, 라이오스와 이

사벨라는 핵심 인원만을 모아 모티어 백작가에서 도망친 관리인, 그림슨을 만나기 위해 응접실으로 향했다.

아렌트와 렉시온, 그리고 이사벨라의 호위인 왕실 기사 단장이 그들과 동행했다.

응접실에서 그림슨을 기다리는 동안, 네펠레 왕실 기사 단장이 아렌트와 렉시온을 보고 꺼림칙하게 물었다.

"어째서 저 두 분이 동행하신 겁니까?"

"타국의 인사에 이런저런 참견하는 것은 예의가 아니다, 네빌 단장."

하지만 이사벨라가 그의 말을 차단해 버렸다.

네빌은 곧장 고개를 숙였다.

"송구합니다, 저하."

하지만 그는 여전히 의문을 거두지 못한 눈치였다.

왕자인 르웰린이나 안개숲 교관인 자카르가 동행했다면 또 모를 일이나, 아렌트는 그저 견습 기사에 불과했다.

게다가 렉시온은 황실 기사단 소속도 아닌, 단순히 고문 마법사로 위장 중이니, 네빌이 이상하게 여기는 것도 당연했다.

게다가…….

"네빌 단장님, 제가 몇 번 말씀드리지 않았습니까? 전부 다 제가 잘났기 때문이라니까요. 학습 능력이 영 모자라시네."

"……."

네빌은 이동하는 내내 아렌트에게 가장 많이 시달린 장본인이었다.

네빌의 이마에 다시금 힘줄이 서는 것을 포착한 라이오스가 조용히 끼어들었다.

"조용히 해라, 아렌트. 미안하군, 네빌 단장. 내가 대신 사과하지."

"……아닙니다. 괜찮습니다."

전혀 괜찮지 않은 얼굴로 네빌이 그렇게 대답했다.

이사벨라는 관자놀이를 꾹꾹 누르며 속으로 한숨을 삼켰다.

'네빌 단장도 호락호락한 사람은 결코 아니었는데.'

고작 이틀 만에 사람이 저리됐다는 게 이쯤 되면 신기할 지경이었다.

네빌과 이사벨라에게는 참 다행스럽게도 잡담할 시간이 그리 길지는 않았다.

얼마 지나지 않아 응접실의 문이 열린 것이다.

"오래 기다리셨습니다. 그림슨을 데리고 왔습니다."

정중하게 말하는 레이타르 후작의 뒤로 한 남자가 하인의 부축을 받으며 간신히 응접실로 들어오고 있었다.

이사벨라와 라이오스는 흐트러졌던 분위기를 다잡고 자세를 고쳐 앉았다.

지금부터는 정신을 똑바로 차려야만 했다.

6장. 동족끼리는 서로 알아보는 법

동족끼리는 서로 알아보는 법

 아무래도 혼자 거동하기도 힘든 상태인지, 그림슨이 소파에 자리를 잡기까지 제법 오랜 시간이 걸렸다.
 레이타르 후작이 살뜰히 돌봐 준 덕에 그런대로 차림새는 말끔했지만, 눈 아래는 퀭하게 패여 있었고 한동안 식사도 제대로 못 했는지 비쩍 마른 상태였다.
 게다가 모티어 백작가에서 여기까지 정신없이 달려오다 구르고 넘어지며 생긴상처들도 아직 이곳저곳에 남아 있었다.
 그 안타까운 몰골에 이사벨라가 살며시 미간을 찡그렸다
 "몸은 좀 어떤지? 힘든 상황에도 나와 줘서 고맙네."
 "……."

왕세자가 직접 말을 거는데도 그림슨은 몸을 푹 숙이기만 할 뿐이었다.

테이블 아래 놓인 손이 덜덜 떨리고 있었다. 갈피를 잃은 동공 역시 쉴 새 없이 흔들렸다.

이사벨라는 그를 재촉하지 않고 참을성 있게 기다려 주었다.

그리고 잠시 후, 그림슨이 간신히 입을 열었다.

"아, 아, 아닙니다. 괜찮습니다……, 왕세자 저하. 괜찮습니다. 정말로요."

횡설수설하는 꼴에 동정심이 저절로 고개를 들었다.

네빌 단장이 딱하게 혀를 찼다.

이번에는 라이오스가 입을 열었다.

"칼리온 제국의 황실 제3기사단 단장, 라이오스 드 윈프리드다. 가능하다면 발견 당시의 상황을 자세히 이야기해 줬으면 하는데."

그제야 그림슨이 고개를 들었다. 초췌한 얼굴이 보기 안쓰러웠다.

라이오스와 눈이 마주치자 그림슨이 다시 황급히 시선을 떨어뜨렸다.

한참 동안 심호흡하던 그림슨이 이내 아까보다는 다소 침착해진 음성으로 다시 입을 열었다.

"……영주님의 심부름으로 한동안 자리를 비웠습니다. 친우분께 편지와 선물을 전달하는 일이었습니다만……."

그림슨은 말라붙은 목을 차로 축인 뒤 힘겹게 말을 이었다.

"2주 정도 자리를 비웠습니다. 그런데…… 돌아와 보니 이런 일이……."

하지만 애써 침착하려던 시도가 무색하게, 찻잔을 쥔 그의 손이 다시금 덜덜 떨리기 시작했다.

라이오스가 최대한 차분하게 말을 건넸다.

"심부름을 떠나기 전, 다른 이상 징후는 없었습니까?"

"펴, 평소랑 다를 바 없었습니다. 영주님도, 다른 사람들도……."

그림슨이 고개를 내저었다.

그것을 마지막으로 응접실이 침묵에 잠겼다.

잠자코 있던 아렌트가 툭 내뱉었다.

"그렇다면 그림슨 씨가 자리를 비운 2주 사이에 이변이 일어났다는 거네요."

"그렇군. 전해 들은 말로만 파악하자면, 하루아침에 일어난 참사처럼 보이긴 했다만."

이사벨라 역시 그의 말에 동의해 고개를 끄덕였다.

아렌트는 그림슨을 물끄러미 보았다.

"아저씨. 이름이 그림슨이랬나?"

"예, 예?"

그림슨이 화들짝 놀라 고개를 들었다.

"예……. 그렇습니다."

"모티어 백작 영지에는 루체 신전이 몇 개 있지?"

다소 뜬금없는 물음이었다. 눈을 몇 차례 끔뻑이던 그림슨이 순순히 대답했다.

"작은 신전이 두 개, 그리고 영주성 안에 하나…… 총 세 개입니다."

"상주하는 신관은 몇 명이고?"

"네 분입니다. 영주성 안의 큰 신전에 두 분이 계시고, 마을에 있던 신전에 각 한 분씩 계십니다."

이번에도 그림슨이 수월하게 대답하자, 아렌트가 시큰둥하게 고개를 끄덕였다.

"그렇군."

"갑자기 그건 왜 묻지?"

네빌이 인상을 찌푸리며 묻자 아렌트가 어깨를 으쓱했다.

"아니요. 어쩌면 그림슨 씨가 자리를 비우기 전에 이변이 생겼다더라도, 상주하는 신관 수가 적었다면 눈치를 못 챘을지도 모르겠다는 생각이 들어서요."

"그게 무슨 상관이지?"

이번에는 이사벨라가 의아한 질문했다.

라이오스의 뒤에 단정히 선 아렌트가 매끄럽게 답을 내어 주었다.

"그림슨 씨가 떠나기 이전에 영지 내부에 악신교가 침투했더라도 이상하지 않다는 말입니다. 여행자로 위장했을지도 모르고, 어쩌면 영지 내의 주민과 바꿔치기했을 가능성도 있어요."

"잠깐만, 위장은 그렇다 치더라도 바꿔치기는 무슨 말이지?"

"아직은 제국 내부에서도 연구 중인 사항입니다만······."

왕세자의 물음에 아렌트가 슬쩍 라이오스를 보았다. 견습 기사와 눈을 마주친 라이오스가 고개를 가볍게 끄덕여 주었다.

"호문쿨루스에 대한 이야기는 들으셨습니까, 저하?"

"들었지. 칸타레스 황태자 전하께서 주기적으로 동맹국 측에 공문을 전달해 주시니까."

"호문쿨루스가 나타나기 전, 인간과 굉장히 흡사한 구울이 나타난 적 있습니다. 그놈들이 사람들을 선동해 반란을 꾸미려다 토벌당한 적도 몇 번 있고요."

이사벨라의 말에 아렌트가 시큰둥한 태도로 설명했다. 이사벨라 역시 들어 본 이야기였다.

"계속해."

"지능과 자아, 그리고 인간이었을 적 기억이 온전한 구울과 정령석을 이용해서 호문쿨루스를 만들어 내는 기술······. 그 두 개를 합치면 그럴듯한 인간을 만들어 내는 게 가능할 것 같거든요."

그 말에 이사벨라의 눈이 가늘어졌다.

"어쨌든 결론은, 사람들 몇을 납치해서 그들과 똑같이

생긴 호문쿨루스로 바꿔치기했을지도 모른다는 말이죠. 영지를 완전히 날려 버리기 전에. 평범한 사람들은 그런 식으로 제조된 호문쿨루스와 인간을 제대로 구분할 수 없으니, 미처 알아차리지 못한 것도 이상하지 않다는 말입니다."

"그런가……."

잠시 입을 다물고 있던 이사벨라가 신음처럼 중얼거렸다.

"무서운 이야기로군."

"하지만, 그게 정말 가능한 일인가? 호문쿨루스라는 병기라면 몰라도, 인간을 만든다니."

멍하니 듣던 네빌이 퍼뜩 정신을 차리고 반박했다.

"직접 안 싸워 봤으면 그냥 입 다물고 계세요. 체르니온 교는 그런 놈들입니다."

하지만 아렌트에게서 싸늘한 반응이 돌아오자, 네빌은 그냥 입을 다물 수밖에 없었다.

동석한 후작 역시 엄청난 말들에 넋을 놓고 바보처럼 눈을 끔뻑일 뿐이었다.

그나마 침착을 유지한 이사벨라가 물었다.

"하지만 왜 그런 짓을 벌인 거지? 어차피 전부 다 파괴해 버릴 거면 굳이 그런 성가신 작업을 할 필요는 없었을 텐데."

"이래저래 상식 밖인 녀석들이라서요. 새로운 호문쿨

루스를 실험해 보고 싶어서 그랬을지도 모르고…….”

잠깐 뜸을 들이던 아렌트가 담백하게 덧붙였다.

"아니면 포교하려 했을지도 모르죠."

"포교?"

이사벨라와 네빌이 동시에 놀란 목소리를 냈다.

"네. 추종자들이 많아지면 많아질수록 강해지는 게 교단입니다. 예를 들자면, 이런 시나리오도 가능합니다."

아렌트는 그들에게 고개를 끄덕여 주었다.

"내부에 체르니온의 신자를 침투시켜서 사람들을 선동하려 했지만, 모티어 백작 영지의 사람들은 그에 응하지 않고 루체 신을 향한 의리를 지킨 겁니다. 그에 분노한 드래곤이 영지에 벌을 내린 거고요."

"……."

아렌트의 마지막 말이 끝났을 무렵, 응접실이 진득한 침묵에 잠겼다.

그림슨은 여전히 시선을 바닥으로 떨어뜨린 채였고, 이사벨라와 네빌, 그리고 후작은 차마 무슨 말을 해야 할지 모르겠다는 듯 입을 꾹 다물고 있을 뿐이었다.

"그 경우, 저 아저씨 이외의 생존자는 단 한 명도 없을 겁니다."

"……."

아렌트가 쐐기를 박았다.

견습 기사의 무심한 시선이 어쩌면 영지의 마지막 생존

자일지도 모를 이에게 닿았다.
 그러나 넋을 놓아 버린 그림슨에게는 그 목소리조차 제대로 듣지 못한 것 같았다.
 남자의 텅 빈 눈동자는 여전히 허공을 헤매고 있었다.
 라이오스는 아무런 말도 하지 않았다.
 한발 물러서서 가만히 관망하기만 하던 렉시온 역시 그저 침묵을 지키며 아렌트를 물끄러미 지켜보기만 할 뿐이었다.

* * *

 그림슨과의 면담은 그렇게 끝나 버렸다.
 단순 목격자에 불과그림슨에게서 더 알아낼 수 있는 것은 없을뿐더러, 그림슨이 제대로 대화를 나눌 수 있는 상태도 아니었던 탓이었다.
 일단은 다음날부터 본격적으로 모티어 백작가를 조사하기로 한 뒤, 레이타르 후작이 손수 준비한 호화로운 저녁 식사까지 즐긴 후 기사들은 각자 배정받은 숙소로 돌아갔다.
 그리고 찾아온 깊은 밤.
 모두가 잠든 레이타르 백작의 성은 그저 고요하기만 했다.
 "……."

그러나 그림슨은 여전히 뜬눈으로 밤을 지새고 있었다.

후작이 좋은 방과 호화로운 식사로 그를 대접해 주었지만, 그렇다고 해서 불안한 마음이 쉽게 진정되지는 않았다.

"하아……."

한숨을 토해 낸 그는 황망한 시선을 허공으로 던졌다.

"……신께서 우리를 지켜 주시길."

그림슨의 입에서 탄식 같은 기도문이 흘러나왔다.

그때, 전혀 예상치 못한 곳에서 불쑥 듣기 좋은 미성이 끼어들었다.

"그런다고 해서 신이 뭐, 대단한 은총을 내려 주나?"

"으아아악!"

소스라치게 놀란 그림슨이 펄쩍 자리에서 튀어 올랐다.

급히 목소리가 들린 쪽으로 고개를 돌리니, 어느새 반쯤 열린 창문 사이에 상체를 빼꼼 내민 은발의 청년이 한눈에 들어왔다.

"아, 아, 아렌트 폰 에크하르트 경?"

"기억력 좋네. 잠깐 본 내 이름도 외우고. 아무리 정신을 빼놓고 있어도 그렇지. 문단속은 철저히 해. 창문 열려 있던데?"

아렌트가 통통, 손으로 창문을 두드렸다.

그림슨은 얼빠진 눈으로 그를 보았다.

그가 머무는 곳은 1층에 있는 손님용 객실이었다.

멍하니 있느라 미처 닫지 못한 것을, 마침 지나가던 견습 기사가 발견한 듯했다.

"감, 감사……. 감사합니다."

그림슨이 얼떨결에 감사 인사를 건넸다. 그러자 아렌트가 어깨를 으쓱했다.

"뭐, 감사할 건 아냐. 나도 잠이 안 와서 산책하다가 우연히 발견했을 뿐이니까."

"그러시군요……."

멍하니 고개를 끄덕이는 그를 물끄러미 보던 아렌트가 창틀에 몸을 툭 기댔다.

"뭐, 좋아. 잠 안 오는 사람들끼리 잡담이나 하자고."

"잡담…… 말씀이십니까?"

갑작스러운 말에 그림슨이 아연하게 되물었다. 그에게서 떨떠름한 기색을 읽어 낸 아렌트가 살짝 미간을 찌푸렸다.

"왜. 별로 안 내키나?"

"예? 아, 아니요! 그럴 리가요!"

그림슨이 황급히 양손을 내저었다.

그제야 아렌트의 표정이 풀어졌다.

"괴롭힐 생각은 없으니까 쓸데없이 긴장하지 말고."

견습 기사의 앳된 얼굴에서는 말동무를 찾아낸 데에 대

한 만족감이 얼핏 엿보였다.

그제야 그림슨도 어깨에서 힘을 풀었다.

"……예에. 알겠습니다. 에크하르트 경."

"아렌트. 가문이랑은 절연한 지 오래라."

아렌트가 딱 잘라 대답했다.

그림슨이 황급히 고개를 끄덕이자 견습 기사가 뚱하니 말을 이었다.

"어쨌든, 신이라는 작자들 말이야. 그렇게 믿음직한 존재는 아닐걸. 이 세상에 무조건적인 호의라는 건 없어. 인간사도 그런데, 신이라고 해서 뭐 다를 리가."

"……아렌트 경께서는 신을 믿지 않으십니까?"

눈을 끔뻑이던 그림슨이 물었다.

그러자 퉁명스러운 대답이 돌아왔다.

"믿고 말고의 문제가 아니지. 난 그 작자들이 제일가는 개새끼들이라는 걸 알고 있을 뿐이거든."

"예?"

"이쪽 신이든 저쪽 신이든 말이야."

아렌트가 천연덕스럽게 어깨를 으쓱했다.

"그렇게 자비로운 작자들이라면 당신 가족들이 그 꼴을 당하게 내버려두진 않았겠지."

"하지만……."

머뭇거리던 그림슨이 천천히 말을 이었다.

"그래도 살펴 주실 겁니다. 이럴 때일수록 더."

"이해 안 되는 확신이군. 어차피 개고생하는 건 땅에 사는 자들일 뿐인데."

턱을 괸 청년이 불만스럽게 투덜거렸다. 어쩐지 철부지 어린애 같은 모습에, 그림슨의 어깨의 힘이 조금 더 풀어졌다.

"그것도 다 의미가 있을 겁니다. 어떤 고난이나 역경도……."

"무슨 거창한 의미가 있다고 목숨을 걸지?"

하지만 그의 말은 중간에 뚝 끊어져 버렸다.

"도망칠 기회는 언제든지 있잖아. 가령 지금이라거나."

"예?"

그림슨의 입에서 얼빠진 소리가 튀어나왔다.

갑자기 변하는 화제를 따라갈 수가 없던 탓이었다.

아렌트는 허리쯤 오는 창틀에 느긋한 자세로 기댄 채, 물끄러미 그림슨을 지켜보기만 했다.

어색한 침묵이 흘렀다.

그리고 한참 뒤. 아렌트가 쯧 혀를 찼다.

"모처럼 쓸 만한 상대가 왔나 했더니. 영 못 써먹을 배우로군."

다소 신경질적으로 투덜거리는 목소리는 잡담을 청하던 천진난만한 음성과는 사뭇 다른 분위기였다.

아무래도 한밤중에 펼치는 단막극에 어울리는 상대는 아닌 것 같았다.

"야."

자신을 향해 날아든 싸늘한 음성에 그림슨이 흠칫했다.

"예, 예?"

"방금 당신이 기도한 신 말인데."

어둠 속에서도 스스로 빛을 내는 황금색 눈동자가 그림슨을 시야에 가뒀다.

"빛의 신과 어둠의 신, 둘 중 어느 쪽이지?"

그림슨은 그만 할 말을 잃어버리고 말았다.

자신을 가만히 응시하는 아렌트에게서 방금까지는 전혀 알아볼 수 없던 냉기가 느껴졌다.

밤하늘을 등진 견습 기사는 마치 달빛 아래의 살얼음 같았다.

"……."

그림슨은 마치 허를 찔린 사람처럼 딱딱하게 몸을 굳혔다.

아렌트는 그가 변명할 틈도 주지 않고서 다른 말을 꺼냈다.

"아저씨, 연극 본 적 있어?"

꼭 방금 던진 말은 지나가는 한 마디일 뿐이었다는 것 같은 태도였다.

그림슨은 얼떨떨한 와중에도 새로운 화제에 어울릴 수밖에 없었다.

"연극…… 말씀이십니까?"
"어어. 댁 같은 사람이 제대로 알아나 모르겠는데."
상체를 기댄 채 턱을 괸 아렌트가 무심하게 말을 이었다.
"무대 위에서 연기할 때는 아무래도 관객을 의식하게 되니까, 행동이 조금 과장될 수밖에 없거든."
"……."
여전히 그림슨으로서는 이해할 수 없는 말이었다.
"뭐, 쉽게 말해서…… 몰입하더라도 연기는 연기일 뿐이라는 거."
행동 하나하나에 특정한 의도가 있는 이상, 아무리 실감나게 연기해도 한계가 있다는 뜻이었다.
이곳이 진짜 무대라면 아무런 문제가 안 되겠지만, 불행하게도 여기는 현실이었다.
"그게 무슨……."
그림슨의 얼굴이 차차 창백해져 가기 시작했다.
"무, 무슨 말씀을 하시는지 전혀 모르겠습니다, 아렌트 경."
그러거나 말거나, 견습 기사는 무심하게 제 할 말만 이어 갈 뿐이었다.
"몇 군데 허술한 점이 있더라고. 하긴, 하루아침에 가족을 모조리 잃어버리고 실성한 사람을 연기하는 건 그리 어렵지 않지만……. 예상 밖의 대사를 쥐어짜 내려니 어색해질 수밖에."

거기까지 말한 아렌트는 다시 삐딱하게 그림슨을 보았다.

무대에 선 배우는 패닉에 빠진 연기를 하면서도 끊임없이 주변을 살펴야 했다.

상대 배우와 합을 맞춰야 하고, 관객들을 향해서는 대사를 또렷하게 전달해야 하니까.

아렌트가 뜬금없이 모티어 백작가 영지에 있던 신전과 신관의 수를 물은 것도 바로 그 때문이었다.

"메소드 연기에 자신이 없으면 계산이라도 빨라야지. 적어도 한 번쯤 되묻던가, 아예 못 들은 척했으면 좀 나았을걸."

그림슨의 아득해진 머릿속에 흥얼거리는 것 같은 어조가 스쳐 지나갔다.

"그리고 표현했어야 할 감정이 하나 빠졌어. 가족을 잃어 실성한 사람을 연기하려면 절망감과 더불어서 절박함도 보였어야지. 아직 죽었는지 살았는지 알지도 못하는데 구해 달라는 소리는 한마디도 안 하고."

"……."

"우리가 당신 가족의 생사를 논하고 있는 와중에도 넌 침묵을 유지했지."

일부러 구울이니 호문쿨루스니 하는 화제를 꺼내며 그림슨을 떠본 아렌트였다.

친지와 가족의 생사가 달린 중대한 문제였지만 그림슨은 마치 거기까지는 제 몫이 아니라는 듯 멍하니 허공만 쳐다보고 있었다.

그 와중에도 한순간에 가족을 잃은 탓에 실성한 사람이라는 컨셉은 잃어버리지 않았기에 일부러 바보 행세를 한 거겠지만, 오히려 그 점이 패착이 된 셈이었다.

"우리 단장님이나 왕세자 저하쯤은 어렵잖게 속일 수 있었겠지만."

아렌트의 입가에 씨익, 곡선이 그려졌다.

"아무래도 동족끼리는 서로 알아보는 법이거든."

"무슨 말씀인지 잘……."

간신히 정신을 차린 그림슨이 어색하게 변명하려 했다. 하지만 그 순간.

피잉!

등 뒤에서 날카로운 무언가가 날아들었다.

"……!"

미처 그림슨이 반응할 틈도 없이 뺨을 스치고 지나간 암기가 아렌트에게 쇄도했다. 하지만 아렌트는 예상했다는 듯 고개를 살짝 트는 것으로 간단히 피해 버렸다.

퍽.

아렌트의 얼굴 바로 옆을 스친 암기가 둔탁한 소리를 내며 정원수에 박혔다.

"거 참, 성질 급하네. 지금 대화 중인 거 안 보이냐?"

곱상한 얼굴이 짜증으로 구겨졌다.

반사적으로 몸을 홱 돌린 그림슨은 몸을 흠칫 떨었다.

분명 방금까지 아무것도 없던 자리에 인간 형태의 무언가가 우뚝 서 있었다.

꼭 바닥에 달라붙어 있던 그림자가 그대로 몸을 일으킨 것 같은 형태였다.

머리부터 발끝까지 어둠을 뚝 떼어 만든 것처럼 검은 형체에서 반짝이는 곳이라고는 초점 없는 한 쌍의 눈동자뿐이었다.

"……."

나무에 박힌 암기가 한 줌의 먼지가 되어 어둠 속으로 흩어졌다.

당장 이해할 수 없는 비상식적인 광경에 그림슨은 뻣뻣하게 얼어붙어 버렸다.

"아저씨. 두 번 말 안 한다."

그의 귓가에 차가운 음성이 파고들었다.

"목숨이라도 건지고 싶으면 엎드려."

"……!"

다음 순간, 그림슨이 몸을 확 숙인 것은 생존 본능 때문이었다. 순식간에 덩치를 불린 그림자가 그대로 아렌트가 있는 창문을 향해 몸을 날렸다.

쨍그랑!

유리창이 산산조각 나며 적의 거대한 몸체가 그 모습을

드러냈다.
 뒤로 훌쩍 뛰어 거리를 벌린 아렌트는 적의 모습을 확인했다.
 "와, 씨."
 저절로 질린 목소리가 흘러나왔다.
 방을 가득 채울 정도로 거대한 거미가 산산조각 난 유리를 밟고 우뚝 서 있었다.
 처음에 인간인 척하던 모습은 온데간데없었다.
 초점 없던 한 쌍의 눈동자가 갈라져 여덟 개의 붉은 눈으로 변해 있었고, 몸통과 머리통은 둥글게 부풀어 올랐다. 거기에 매달린 여덟 개의 다리에는 털이 수북했다.
 "흐, 흐아아아악!"
 바깥을 내다본 그림슨이 기절할 것처럼 비명을 내질렀다.
 "하여튼 악취미야."
 빼곡하게 박힌 거미의 눈에 아렌트가 한가득 비쳤다.
 목표물을 포착한 거미가 곧장 아렌트를 향해 달려들었다.
 그러나 괴물이 채 몇 걸음 떼기도 전.
 콰드드득!
 위에서 수직으로 떨어진 검이 괴물의 몸통에 꽂혔다.
 "끼에에에에엑!"
 갑작스러운 공격에 거미가 괴성을 내지르며 몸을 뒤틀

었다. 하지만 난입해 온 아서는 검을 단단히 붙잡은 채 끈질기게 거미의 몸통에 매달렸다.

그러는 와중에도 아렌트를 향해 욕을 퍼붓는 것 역시 잊어버리지 않았다.

"야, 이 미친놈아! 이런 괴물이 나올 거라는 말은 안 했잖아! 이럴 줄 알았으면 너 혼자 안 보냈지!"

"그걸 굳이 말해야 알아요? 별거 아니었으면 혼자 정리했지, 귀찮게 선배들까지 다 불러 모으지도 않았어요. 하여튼 둔해 빠져서는."

아렌트가 되려 타박을 놓자 아서가 곧장 짜증을 터뜨렸다.

"아오, 저 싸가지 없는 새끼!"

아서뿐만이 아니었다.

건물 안에서, 그리고 정원에서 숨죽이고 있던 다른 기사들도 하나둘씩 모습을 드러내기 시작했다.

"더럽게 크네, 진짜."

"도대체 뭘 하면 저런 놈을 만들겠다는 생각을 하지?"

여기저기서 불평을 하며 모습을 드러내는 기사들은 이미 전투태세를 갖추고 있었다.

갑작스럽게 적들이 늘어나자 당황한 호문쿨루스는 주춤거리며 뒤로 물러서려 했다.

그러나 괴물의 등 뒤에는 이미 라이오스가 버티고 서 있었다.

"……!"

거미는 호문쿨루스의 둔한 감각으로도 라이오스의 거대한 존재감을 알아차릴 수 있었다.

호문쿨루스가 멈칫하는 순간, 라이오스의 허리춤에서 성검이 뽑혀 나왔다.

"적을 토벌하라!"

"예!"

단장의 명령에 우렁차게 대답한 기사들이 일제히 호문쿨루스를 향해 달려들었다.

거미의 몸통에서 검을 뽑아낸 아서는 바닥에 가볍게 착지한 뒤, 곧장 지면을 박차고 다시 달려들었다.

거미가 긴 다리를 휘적여 그를 공격했지만 검기를 일으킨 리히트가 한발 먼저 그 앞에 끼어들었다.

쿠우우웅!

리히트의 검과 거미의 다리가 정면으로 충돌하며 육중한 울림이 밤하늘을 뒤흔들었다.

본격적으로 전투가 시작된 것을 확인한 아렌트는 자연스럽게 뒤로 빠져나왔다.

"저것이 호문쿨루스인가?"

네빌 단장과 르웰린의 호위를 받으며 숨어 있던 이사벨라가 조심스럽게 다가왔다.

아렌트는 고개를 끄덕였다.

"네. 아무래도 저 덜떨어진 아저씨의 그림자에 숨어 있었던 것 같습니다."

그렇게 대꾸하며 아렌트는 슬쩍 그림슨이 있던 곳을 보았다.

어둠에 잠긴 방 안에는 박살 난 창문만이 보일 뿐, 그림슨은 찾아볼 수 없었다.

"멍청이 아저씨는?"

"도망치려던 걸 네펠레 왕실 기사단이 붙잡았어. 안 그래도 확인하고 온 참이야."

아렌트의 물음에 르웰린이 답을 내어 주었다.

그러자 아렌트가 삐딱하게 고개를 끄덕였다.

"약해 빠졌어도 그 정도는 해냈겠지. 명색이 기사인데."

"……."

이사벨라의 곁에 선 네빌의 얼굴이 시뻘겋게 달아오르기 시작했다. 이사벨라 역시 썩 개운한 표정은 아니었다.

그러나 두 사람 다 별다른 불만을 입 밖으로 내지는 못했다.

그림슨이 거짓말을 하고 있다는 걸 알아낸 것도 아렌트였고, 그와 직접 대면해 숨어 있던 괴물을 끌어낸 것 역시 그였으니까.

그리고 지금 상식적으로 이해가 되지 않는 괴물을 상대로 싸우고 있는 장본인도 라이오스의 기사단이었다.

'솔직히 자존심이 상했었지만.'

네빌은 저도 모르게 얼굴을 일그러뜨렸다.

일이 벌어지기 전, 아렌트는 네펠레 왕실 기사단 측에 미리 지시했다.

괜한 목숨 버리고 싶지 않다면 함부로 끼어들지 말라고.

처음 그 말을 들었을 때 네빌은 분노했다.

자신들을 무시하는 듯한 말투가 마음에 들지 않았으니까.

그러나 직접 호문쿨루스를 목도한 지금, 네빌은 인정할 수밖에 없었다.

자신은 저런 것들에 맞서 싸울 그릇이 못 되었다.

네빌의 표정을 읽어 낸 르웰린이 쓴웃음을 지었다.

"너무 신경 쓰지 마세요, 누님. 그리고 네빌 단장. 저놈들이 비정상인 거니까."

하지만 그의 말은 그다지 위로가 되지는 않는 것 같았다.

거대한 괴물에 맞서 싸우는 3기사단과 라이오스에게서 두려움과 망설임이란 조금도 찾아볼 수 없었다.

특히나 라이오스는 성검의 주인이라는 말에 걸맞는 위용을 보여 주고 있었다.

"케에에에엑!"

서걱!

라이오스의 검이 부하를 노리는 거미의 다리를 단칼에 베어 냈다. 순식간에 앞다리를 잃은 거미의 거대한 몸체가 균형을 잃어버리고 휘청였다.

"지금이다!"

리히트가 신호를 주자, 기사들은 그 틈을 놓치지 않고 괴물에게 달려들어 놈의 몸통에 큰 상흔을 남겼다.

"……그나저나 아렌트 경은 참전하지 않아도 되는 건가?"

치열한 전투를 착잡함 반, 경이로움 반으로 지켜보던 이사벨라가 문득 물었다.

아렌트는 아예 검까지 집어넣은 채 팔짱을 끼고 서 있었다.

완전히 구경꾼 같은 모습이었다.

"제가요? 왜요?"

그가 천연덕스럽게 되묻자 이사벨라는 되려 말문이 막히고 말았다.

"아니, 동료들이 싸우는데……."

"잘 싸우네요, 뭐. 굳이 저까지 끼어들 필요 있어요? 선배들도 녹봉 받아먹는 값은 해야지."

"……."

네빌과 이사벨라는 그냥 입을 꾹 다물었다.

이번에는 르웰린마저 할 말이 없다는 듯 잠깐 침묵을 지켰다.

물론 라이오스까지 참전한 판에 황실 기사단이 호문쿨루스에게 밀릴 리는 없었다.

서리 어린 손길을 가진 아렌트가 참전하면 싸움이 훨씬 더 빨리 끝날 테지만, 이 망할 견습 기사는 선배들의 수고를 덜어 줄 생각이 전혀 없어 보였다.

르웰린은 그냥 화제를 돌려 버렸다.

"그러고 보니 렉시온 님은?"

"모티어 백작가 영지에. 뭐 좀 알아보고 싶은 게 있어서."

"……."

드래곤을 심부름꾼 취급하는 작태가 어처구니없었다.

이쯤 되면 슬슬 괜한 놈을 건드렸다가 덜미를 붙잡힌 렉시온이 불쌍하게 보일 지경이었다.

* * *

"너 이 새끼……."

호문쿨루스의 체액으로 엉망이 된 글렌이 사납게 으르렁거렸다.

"사람 불러낸 게 누군데, 감히 뒤에서 구경만 해?"

"뭐 어쩌라고요. 얌전히 좀 있으라고 사정사정하던 게 누구시더라."

그러나 당연히 막내에게서 좋은 말이 돌아올 리 없었다. 거기에 아렌트는 한술 더 떠 팔짱을 낀 채 그를 아래위로 훑어보았다.

"그리고 머리가 나쁘면 몸이라도 써야죠. 억울하면 선배가 더 빨리 움직이셨어야죠. 민첩하게."

"아오, 진짜! 이 새끼를 팰 수도 없고!"

글렌은 왕세자가 같이 있다는 것조차 망각한 채 발광하기 시작했다. 그러나 그를 탓하는 사람은 아무도 없었다. 심지어는 이사벨라마저 슬그머니 눈을 피해 줄 정도였다.

바야흐로 3기사단에서 원성이 쏟아지기 시작했다.

"이 망할 자식, 저 멍청한 거미랑 같이 썰어 버렸어야 하는데!"

"야밤에 하늘 같은 선배들을 개고생시켜?!"

"황실을 위협하는 적과 싸우는 건 기사의 당연한 소임이라면서요? 소임을 다 하게 도와드렸는데 불만이 많으시네. 박수라도 쳐 드릴 걸 그랬나. 뭐, 관심 필요해요?"

사방에서 욕이 쏟아졌지만, 아렌트는 시큰둥한 얼굴로 어깨를 으쓱할 뿐이었다.

그리고 그 모습을 멀찍이 떨어져서 지켜보던 아서가 떨떠름하게 중얼거렸다.

"어차피 씨알도 안 먹힐 텐데 왜 쓸데없이 힘을 빼실까요?"

"내버려 둬라. 멍청한 데는 약도 없으니까. 저럴수록 더 신나 하는 놈이라는 걸 아직도 깨닫지 못한 모양이지."

동족끼리는 서로 알아보는 법 〈279〉

리히트가 옆에서 비슷한 표정으로 맞장구쳤다.

결국 부하들의 추태를 보다 못한 라이오스가 나섰다.

한숨을 푹 내쉬고는 아렌트와 글렌의 뒷덜미를 붙잡고 떼어 놓은 것이다.

"조용히 해라. 사람들 다 깨겠다. 잔당은 없는 듯하니 안심하셔도 좋습니다, 저하."

"……네에. 훌륭하셨습니다. 역시 라이오스 단장님이시군요."

방금 본 꼴은 못 본 척해 줄 모양인지, 이사벨라가 자연스럽게 화제를 돌렸다.

그제야 아렌트와 글렌도 드잡이질을 멈췄다.

주변이 정리되자 이사벨라는 겨우 주변을 제대로 살필 수 있었다.

실랑이를 벌이던 기사들의 뒤에 거대한 거미 괴물의 시체가 보였다.

흉흉하게 번쩍이던 붉은 눈동자는 완전히 빛을 잃어버린 뒤였다.

저런 괴물을 제압하면서도 기사단은 생채기만 조금 입었을 뿐, 별다른 타격을 입은 것 같지도 않았다.

'몇 번이나 저런 놈들을 쓰러뜨렸다고는 했지만.'

저만한 적을 상대하고서도 고작 견습 기사의 방만함에 화를 터뜨릴 여유가 남아 있다는 게 믿기지가 않았다.

상념에 잠겼던 이사벨라는 다시금 들려오는 라이오스

의 음성에 퍼뜩 정신을 차렸다.

"호문쿨루스의 원료가 된 모조 정령석도 회수해야 하니, 후처리 역시 저희가 맡겠습니다. 저하께서는 후작님께 사태에 대해 잘 설명해 주셨으면 합니다."

야밤의 소란에 깨어난 하인들이 하나둘 창문 밖을 확인하고 있었다. 몇몇은 정원에 쓰러진 거미를 보고는 잠결에 몇 번이고 눈을 비비기도 했다.

그냥 내버려 뒀다가는 한바탕 소동이 일어날 게 분명해 보였다.

"알겠습니다. 하지만 후작님께 설명을 드리기 이전에 우선……."

이사벨라의 시선이 자연스레 아렌트를 향했다.

"아렌트 경에게 들어야 할 이야기가 많을 것 같습니다만."

거미 호문쿨루스를 무난히 상대해 낸 기사단도 기사단이었지만, 그녀의 눈에는 아렌트 쪽이 더 괴물처럼 보였다.

고작 몇 마디 나눈 것으로 아렌트는 그림슨이 첩자라는 사실을 간파해 냈다.

아렌트가 기민하게 알아차리지 못했더라면 그들은 큰 곤욕을 치렀을 게 분명했다.

왕세자와 눈을 마주친 아렌트가 건방지게 고개를 끄덕였다.

"그래야죠. 사실 이렇게 오래 잡담할 시간도 없습니다. 곧 렉시온 님도 돌아오실 테니 들어가시죠."
"시간이 없다니?"
이사벨라가 의아하게 묻자 아렌트가 언짢게 대답했다.
"아마 보시면 알 겁니다. 뭐……."
잠깐 뜸을 들이던 아렌트는 그림슨의 방으로 다시 시선을 던졌다.
"이미 늦었을지도 모르겠네요."

* * *

아닌 밤중의 소란에 영주성은 발칵 뒤집어져 있었다.
잠옷 차림으로 뛰쳐나와 허둥대는 레이타르 후작을 진정시킨 뒤, 그들은 곧장 그림슨을 가둬 둔 방으로 향했다.
그리고 이사벨라와 네빌은 아렌트가 말한 게 무슨 뜻인지 금세 깨닫고 말았다.
"왜, 왜 제가 여기에 있는 거지요……? 기사 나리들, 제가 무슨 잘못을 했다고……."
정신을 잠깐 잃었다가 깨어난 그림슨은 그간 일어났던 일을 깨끗하게 잊은 듯 보였다.
의자에 앉은 채 순한 눈망울을 불안하게 이리저리 굴리는 꼴이 거짓말을 하는 것처럼 보이지는 않았다.

"이게 무슨……."

이사벨라가 신음처럼 중얼거리는 소리를 흘려들으며, 아렌트가 성큼성큼 그림슨에게 다가갔다.

"아저씨."

"예, 예?"

그림슨은 갑자기 제 앞에 우뚝 선 아렌트를 잔뜩 긴장한 채 올려다보았다.

그러면서도 바쁘게 눈동자를 굴려 아렌트를 아래위로 살피는 것이, 제 눈앞에 나타난 낯선 제복의 청년이 어떤 사람인지 어떻게든 파악해 보려는 것 같았다.

아렌트는 무심한 어조로 질문을 던졌다.

"나 누군지 알아?"

"예?"

"내가 누군지 아냐고."

아렌트가 재차 캐물었다. 겁을 집어먹은 그림슨이 끅, 하고 딸꾹질 소리를 냈다.

"죄, 죄송합니다. 제가 높으신 분을 잘 몰라뵈옵고……. 제가 촌놈이라……."

식은땀까지 줄줄 흘려 대는 것이 공포에 질린 행세를 하던 때와는 확연히 다른 모습이었다.

심지어는 아렌트가 네펠레 왕국 사람이 아니라는 것조차 눈치채지 못한 것 같았다.

쯧.

동족끼리는 서로 알아보는 법 〈283〉

혀를 찬 아렌트는 그에게서 등을 돌리며 말했다.
"봤죠?"
"……."
할 말을 잃어버린 이사벨라는 망연한 눈으로 그림슨을 보았다. 아렌트는 시큰둥한 어조로 설명을 덧붙여 주었다.
"악신교의 성녀가 가진 아티팩트 효과에요. 체르니온 신에게 신앙을 가진 자들의 기억을 마음대로 주무를 수 있는 것 같더라고요."
"그렇다는 것은……."
이사벨라가 신음처럼 중얼거리자 아렌트가 어깨를 으쓱했다.
"이미 모티어 백작의 영지는 체르니온 교에 넘어갔다는 뜻이죠. 아마 대부분이 자발적으로 드래곤을 따라갔을 겁니다."
여전히 상황 파악을 하지 못한 그림슨은 결국 고개를 푹 숙여 버리는 길을 선택했다.
제 앞에 있는 사람이 네펠레 왕국의 왕세자라는 사실도 미처 알아보지 못하는 것 같았다.
"……."
이사벨라는 차마 아무런 말도 하지 못했다.
네펠레 왕실 기사단 역시 마찬가지였다. 혼란스러워하는 그들 대신 라이오스가 지시를 내렸다.

"이자를 감옥에 가둬라. 더 알아낼 만한 것도 없을 테니."

"예!"

넋이 나간 네빌과 왕실 기사단 대신, 라이더와 글렌이 나서서 그림슨을 잡아끌고 나갔다.

그림슨은 두 사람에게 붙잡혀 질질 끌려 나가면서도 여전히 어리둥절한 얼굴이었다.

가까스로 정신을 차린 이사벨라가 다시 입을 열었다.

"그러니까…… 모티어 백작가가 왕국을 배신했다고?"

"아무래도 정황상 그런 것 같죠?"

아렌트가 무심하게 대답했다.

모티어 백작가가 습격당했다는 전제부터가 애초에 잘못되었다는 말이었다.

모골이 송연해졌다.

"어쩐지 처음부터 이상하다고 생각했어요. 영지를 일격에 날려 버릴 커다란 폭발이 있었는데 목격자조차 없다니. 그 정도 규모의 파괴 행각이 있었더라면 이쪽 영지에서도 이변을 느꼈어야 정상이에요. 저 아저씨 걸음으로 하루 이틀밖에 안 걸리는 거리라면서요?"

"그렇지. 적어도 후작가에선 이상을 감지했어야 정상이야."

르웰린이 눈살을 찌푸리며 맞장구쳤다.

"드래곤은 광범위한 마법을 펼칠 수 있으니, 음파 차

단 마법을 설치한 뒤에 영지를 날려 버렸다면 또 모르지만……."

"굳이 그럴 필요가 없지."

아렌트의 말에 르웰린이 묵묵히 고개를 끄덕였다.

제국에서 출발하기도 전, 아렌트와 라이오스는 이번 일이 자신들을 끌어들이기 위한 함정일 가능성이 크다고 결론 내렸다.

그렇다면 음파 차단 마법까지 펼쳐 가면서 몰래 영지를 파괴했다는 건 더더욱 말이 안 되었다.

기껏 함정을 파 놓고 관심을 끌지 못한다면 무의미한 일이 되어 버릴 테니까.

마침 그때, 똑똑.

노크 소리가 그들의 주의를 끌었다.

허락도 구하지 않고 문이 벌컥 열리더니 함께 모티어 백작가를 탐사하러 갔던 렉시온과 자카르가 안으로 들어왔다.

"어땠어요?"

"네 말대로더군."

아렌트가 거두절미하고 묻자 자카르가 짤막하게 대답했다.

"파괴 흔적이 상정했던 것보다 오래된 것으로 보인다."

"역시나."

그럴 줄 알았다는 듯 고개를 끄덕이는 아렌트에 비해,

이사벨라와 네빌은 다시 한번 경악하고 말았다.

눈을 휘둥그레 뜬 네빌이 캐물었다.

"그, 그게 무슨 말씀이십니까?"

"말 그대로, 모티어 백작의 영지가 그런 모습이 된 건 적어도 한 달은 더 된 일이라는 거다."

영주의 심부름을 다녀오는 사이 영지를 잃었다는 그림슨의 주장과는 모순되는 현장이었다.

거기에 렉시온 역시 말을 얹었다.

"인간들은 이미 한참 전에 영지를 떠난 것 같다. 그리고 강력한 마법이 시전된 흔적 역시 있더군. 이 주변에서 목격자가 나오지 않은 건 아마 그 때문일 거다."

"잠, 잠깐만요."

이사벨라가 급하게 반박했다.

"한 달이나 된 일이라면, 어째서 그동안 발견되지 않은 겁니까? 모티어 백작의 영지가 외진 곳에 있기는 하나, 이곳 레이타르 후작가와는 그래도 제법 교류를 하는 편입니다. 레이타르 후작이 눈치채지 못했다는 것은 말도 안 됩니다."

"그리고 정말 말씀대로 악신교를 좇아 영지민 전체가 떠난 거라면, 굳이 영지를 파괴할 이유는 없지 않습니까?"

뒤이어 네빌 역시 횡설수설하며 따지고 들었다.

주머니에 손을 푹 찔러 넣은 아렌트가 차분하게 말을

이어 갔다.

"다른 건 잘 모르겠지만, 지금껏 영지가 그 꼴이 났다는 걸 알아차리지 못한 이유는 대충 짐작할 수 있어요."

모티어 백작과 그 식솔들은 수수하게 생활을 꾸려 가는 이들로, 그다지 눈에 띄는 존재는 아니었다.

그들이 다스리는 영지 역시 마찬가지였다.

"백작가의 영지민들은 거의 자신들의 터전 밖으로 잘 나가지 않았다면서요? 외부와의 접점 이래 봤자 근처의 작은 마을들과 소소하게 거래하는 것 정도였댔나."

"……그랬지."

이사벨라가 겨우 고개를 끄덕였다.

"그렇다면 한두 달쯤 연락이 끊어져도 이상하게 여길 사람은 없었을 겁니다. 아니면 영지가 그 꼴이 된 뒤로도 몇몇 사람들은 주기적으로 교단 밖으로 나와서 멀쩡한 척 거래를 이어 갔을지도 모르죠. 그렇다면 한동안 눈속임은 할 수 있을 테니."

어차피 큰 비중을 차지하는 거래도 아닐 테고, 영지에서 물건을 공급하는 마을도 대부분 어민들이 모여 사는 작은 어촌이었다.

교류하는 와중에 뭔가 수상쩍음을 느낀다더라도 굳이 영지까지 방문해 현장을 확인할 만한 사람은 없을 터였다.

"하지만 문제는 레이타르 후작님이시다."

아렌트의 말에 네빌이 불쑥 끼어들었다.

"거리도 이렇게 가까운데, 아무도 몰랐다는 건 좀 이상하지 않나?"

"뭘 그리 복잡하게 생각하십니까? 간단한 일인데요."

마치 싱거운 수수께끼에 답을 대어 주는 것 같은 어조였다.

그러나…….

"레이타르 후작가 안에도 한패가 있는 겁니다."

그 속에 든 의미만큼은 결코 가볍지 않았다.

네빌의 얼굴이 순식간에 창백해졌다.

"……잠깐만, 잠깐만, 아렌트 경."

멍하니 있던 네빌이 퍼뜩 정신을 차리고 따져 묻기 시작했다.

"이야기가 왜 그렇게 되는 거지? 레이타르 후작님이 한패라고? 그렇다면 이 성도 이미 적에게 잠식당했다는 말이잖아. 위험한 거 아닌가? 얼른 무슨 수든 써야……."

"제가 언제 후작님이 한패라고 말했어요. 배신자가 섞여 있다는 것뿐이에요. 아마도 레이타르 후작님은 결백하실 겁니다. 그 아랫사람들이 문제지."

그의 말허리를 잘라낸 아렌트가 까칠하게 대꾸했다. 하지만 네빌은 쉽게 물러서지 않았다.

"왜 그렇게 태연하지? 이렇게 위험한 곳에 왕세자 저하를 모실 수는 없다!"

"왜요? 목숨을 걸었다면서요. 드래곤이랑 싸우러 온 거 아니었나?"

얼음장처럼 싸늘한 음성에 네빌은 저도 모르게 입을 다물었다.

"아, 당연히 목숨은 소중하죠. 쓸데없이 내버릴 필요도 없고. 저하께서는 귀하신 분이니 모시고 당장 떠난다고 하더라도 딱히 불만은 없습니다만……."

아렌트가 무심하게 덧붙였다.

"저하를 핑계 삼아 도망치고 싶어 하는 건 아니신가 해서요. 그것도 나쁘지 않은 생존 전략이긴 합니다만. 모든 건 본인 책임인 것 아시죠?"

"너 이 새끼……!"

네빌의 얼굴이 시뻘겋게 달아오르기 시작했다.

그가 주먹이라도 내지를 기세로 아렌트에게 성큼 다가서려는 순간, 이사벨라가 네빌을 막아섰다.

"네빌 단장, 진정해. 아렌트 경도 그만하도록. 말이 너무 지나치군."

네빌이 멈칫했다. 아렌트 역시 더 이상 빈정거리지는 않았다.

이사벨라가 침착하게 말을 이었다.

"네빌 단장, 나를 걱정해 주는 건 고맙다. 하지만 말했다시피 위험하다고 해서 물러설 생각은 전혀 없어. 우린 문제를 해결하기 위해 여기까지 온 거니까."

"하지만, 저하!"

"그만하래도."

네빌의 항의를 일축한 이사벨라가 싸늘하게 덧붙였다.

"그리고 아렌트 경, 지나친 도발은 삼가해 줬으면 좋겠어. 그대가 무슨 말을 하고 싶은지는 알겠지만 쓸데없는 분쟁은 달갑지 않다. 한 번 개입하기로 결정한 이상 발을 뺄 수 없다는 건 나도 잘 알아. 물러설 생각도 없고."

"아까도 말씀드렸지만 물러서셔도 괜찮습니다. 다만 나서기로 했다면 제 역할 정도는 하라는 겁니다."

삐딱하게 선 아렌트가 네빌을 보며 대답했다.

"쓸데없이 자존심만 내세우는 게 아니라요. 본인 주제를 파악하지 못하면 걸림돌밖에 더 됩니까?"

"뭐라고?"

"아렌트. 그만해라. 최소한의 예의는 지켜."

다시 울컥한 네빌이 나서려는 순간, 라이오스가 끼어들었다.

"그리고 네빌 단장, 그대가 우려하는 사태는 일어나지 않을 것이다. 우선 이야기를 들어 줬으면 좋겠는데."

라이오스까지 그렇게 나선 이상, 네빌이 뭐라 더 말할 수 있을 리 없었다.

"……알겠습니다."

결국 그는 분을 삭이며 물러설 수밖에 없었다.

간신히 상황이 진정되자, 아렌트는 마치 아무 일도 없

었다는 것처럼 말을 이어 갔다.

"악신교가 숨어 있더라도 그다지 위험 요소가 되지는 않을 거라 판단했습니다. 아마 모티어 영지에서 발생한 사건을 숨기고 후작님의 눈을 속이는 역할 정도만 했겠죠."

"근거는?"

이사벨라의 짧은 물음에 아렌트가 고갯짓으로 한쪽을 가리켰다.

"저 사람들이요."

렉시온과 자카르가 서 있는 곳이었다.

네빌은 여전히 모르겠다는 표정이었지만, 그 작은 몸짓만으로 이사벨라는 모든 것을 이해할 수 있었다.

드래곤과 엘프의 감각을 벗어날 수 있는 존재는 이 세상에 없으니까.

"이 성 어딘가에 호문쿨루스가 있다는 걸 제일 먼저 알아차리신 것도 렉시온 님이에요. 이미 엘프 전사들을 움직여서 교차 검증도 끝냈습니다. 그림슨이 달고 온 호문쿨루스 외에는 딱히 위협이 될 만한 존재는 없었어요."

렉시온은 성에 발을 들인 순간 이곳 어딘가에 괴물이 도사리고 있다는 사실을 눈치챘다.

그러나 렉시온이 그에 대해 귀띔해 주기도 전 아렌트가 먼저 행동을 개시한 것이다.

"일단 상황을 정리해 보면 이런 거죠."

아렌트가 평이한 어조로 말을 이었다.

"모티어 백작가는 꽤 오래전부터 체르니온 신에게 넘어갔습니다. 그리고 자주 교류하던 레이타르 후작가에도 슬슬 놈들의 마수가 뻗쳐 오고 있었어요."

유난히도 또렷한 목소리가 방안을 가득 채웠다.

"그러다 모종의 이유가 생겨서 드래곤은 모티어 백작 영지를 파괴했어요. 약 한두 달 정도 전의 일이라고 쳐두자고요. 그때 당장은 악신교 측에서도 전투를 벌일 생각은 없었으니, 일단은 신자들을 이용해서 조용히 묻어뒀어요."

"……"

"그러다가 갑자기 드래곤이 변덕을 부린 겁니다. 이왕 박살을 내 놓은 거, 이곳을 무대 삼아서 함정을 파기로 마음먹은 거예요. 그렇게 어설픈 배우…… 그림슨을 이쪽으로 보낸 겁니다. 하지만 첫 단계에서부터 망해 버렸죠."

당장 눈에 드러나는 사실을 종합하자면 이 정도였다.

"영지를 파괴한 이유는 뭔지, 갑자기 드래곤이 변덕을 부린 까닭이 무엇인지. 지금 꼽을 수 있는 의문점은 이 두 가지예요. 사실 후자는 짚이는 부분이 없지는 않습니다."

"그게 뭐지?"

마음이 급해진 이사벨라가 그를 재촉했다.

"에버란 왕국과 루카인 왕국 국경에서의 분쟁, 그리고 칼리온 제국의 대신전 사건. 그 뒤로 악신교도 한동안 숨죽이고 있었어요. 그쪽도 적지 않은 타격을 입은 데다, 제국의 동향을 살필 필요가 있었을 테니까요."

아렌트의 시선이 라이오스를 향했다.

"그런데 얼마 전 칼리온 제국에서 승전 기념 연회와 단장님의 성검 수여식이 있었죠."

연회를 통해 한동안 불안정했던 라이오스가 자신의 건재함을 알렸다.

그리고 아렌트 역시 이전과 변함없는 모습으로 사람들 앞에 나섰다.

아마 그것을 계기로 니케포르의 마음이 변했을 것이다.

"중요한 건 지금부터예요. 아까부터 엘프들을 시켜서 후작성을 실컷 들쑤신 데다 호문쿨루스까지 죽였으니, 이미 저쪽도 그림슨이 실패했다는 건 알아차렸을 겁니다. 어차피 그 머저리한테는 크게 기대도 안 했겠지만."

그림슨은 황실 기사단을 이쪽으로 끌어들이고 선전포고를 마친 것으로 그 쓸모를 다한 것이다.

이사벨라가 착잡하게 중얼거렸다.

"만약에 우리가 아무것도 알아차리지 못하고서 아침에 그림슨을 따라 모티어 백작가로 향했다면……."

"별거 있겠어요? 드래곤의 입안에 제 발로 걸어 들어

가는 거죠. 일부러 찾아 헤맬 필요가 없어질 테니 솔직히 그것도 나쁘지 않겠다 싶긴 했는데."

아렌트가 어깨를 으쓱했다.

"네펠레 왕국의 왕세자 저하와 에버란 왕국의 삼왕자가 같이 있으니까요. 혹시나 무슨 사달이라도 터지면 이쪽이 덤터기 쓰게 될 것 같아서 참았습니다. 그리고……."

말끝을 늘린 그는 제 양옆에 선 라이오스와 르웰린을 힐끗 보았다.

"혼자서라도 파고들어 보자니 이 잔소리꾼들이 가만히 있을 것 같지도 않았고요."

"알긴 알아서 다행이군."

라이오스가 타박을 놓는 것을 무시한 아렌트가 화제를 돌렸다.

"어쨌든 지금부터가 중요해요. 일단 렉시온 님과 자카르 교관님께 수색을 부탁드릴 생각입니다. 저하께서 허락하신다면요."

그의 말에 이사벨라가 헛웃음을 터뜨리고 말았다.

"이제 와서 내 허락이 필요하다고?"

"당연하죠. 여기는 네펠레 왕국의 영토고, 저희는 단순히 지원군에 불과합니다."

마치 타국인으로서의 선을 지키겠다는 말처럼 들렸다.

아렌트의 입에서 나온 지극히 상식적인 말에 네빌과 이

사벨라가 의외라는 표정을 지으려는 찰나, 아렌트가 덧붙였다.

"저하께서 허락하신 뒤에 움직였다는 명분이 있어야, 책임 소재가……."

팀. 라이오스가 자연스럽게 아렌트의 입을 막았다.

"읍."

"죄송합니다."

"……괜찮습니다. 틀린 말은 아니니까요."

라이오스가 재빨리 사과하자 이사벨라가 떨떠름하게 대답했다.

계속 질질 끌려가는 모양새긴 했지만, 이곳의 최종 결정권자는 그녀였다.

아렌트는 그 점을 정확하게 지적한 것이다.

이사벨라는 굳은 얼굴로 고개를 끄덕였다.

"물론 허락하겠습니다. 다만 가능하다면 왕실 기사단의 입회하에 진행되었으면 합니다. 그건 어려울까요?"

"아무래도 렉시온 님과 함께 움직이기는 힘들 테지만 저희 쪽 인원과는 얼마든지 합류 가능합니다. 네빌 단장님께서 손을 보태 주시면 좋겠습니다."

가만히 듣고만 있던 자카르가 대답했다.

네빌은 여전히 개운치 않은 표정으로 대답했다.

"그렇게 하겠습니다."

"렉시온 님은 지금부터 모티어 백작가의 영지를 탐색

해 주시고, 자카르 님은 왕실 기사단과 함께 레이타르 후작가를 수색해 주십시오. 후작님께 사정을 설명드리는 건 저하께 부탁드리겠습니다."

라이오스가 차분하게 저마다 역할을 분담해 주자 아렌트가 옆에서 끼어들었다.

"지금 당장 후작가 내부에서는 큰 소득을 기대하기는 어려울 겁니다. 악신을 따른다더라도 모두 평범한 인간에 불과할 테니까요. 악신교의 흔적을 찾을 수 있다면 좋겠지만, 아무래도 그건 어려울 것 같고."

"그렇다면 무슨 의미가 있는 거지?"

"이쪽이 움직이기 시작했다는 걸 눈으로 보여 주는 거죠. 뭔가 반응이 오도록. 우리 예상이 맞다면 분명 후작가 내부에 악신교와 연결 고리를 가진 자들이 있을 거예요."

네빌이 미심쩍게 묻는 말에 아렌트가 간단히 대답했다.

"그렇지 않아도 라이오스 단장님과 저하께서 방문하신 바람에 잔뜩 긴장했을 텐데, 갑자기 경계가 삼엄해지면 심하게 불안해할 겁니다."

뒤이어 르웰린이 가벼운 어조로 덧붙였다.

"그리되면 악신교와 연락을 시도할지도 몰라. 통신구를 사용하든, 전서구나 다른 연락책을 보내든."

통신구를 사용하려면 마력을 운용할 수밖에 없고, 전서

동족끼리는 서로 알아보는 법 〈297〉

구나 연락책을 영지 밖으로 내보내는 것 역시 눈에 띄는 일이었다.

인간보다 몇 배는 예리한 감각을 가진 엘프 전사들이 그것을 놓칠 리 없었다.

외부는 드래곤 렉시온이, 내부는 엘프 전사들과 기사들이 감시한다는 작전이었다.

"그렇다면 황실 기사단은?"

문득 이사벨라가 묻자 아렌트가 간단히 답을 내어 주었다.

"절반은 렉시온 님과 동행하고, 나머지는 이쪽에 남아 있을 겁니다. 어디서 무슨 일이 터져도 바로 대응할 수 있게요."

"그렇군. 지금 당장은 드래곤과 악신교가 노리는 게 뭔지 모르니, 지금으로서는 그게 최선이긴 하지."

이사벨라가 쉽게 납득하고 고개를 끄덕였다.

"레이타르 후작에게도 모든 상황 것을 공유하지는 않겠습니다. 당장 혐의점이 없다고는 하지만 만에 하나라도 후작 역시 악신교에 넘어갔을지 모르니까요."

"이해가 빠르시네요, 저하."

마음에 든다는 듯 아렌트가 씨익 미소 지었다.

지금 당장 믿을 수 있는 것은 후작가까지 함께 동행해 온 이들뿐이었다.

"그렇다면 바로 움직이는 것이 좋겠네요. 해야 할 일도

다 정해진 것 같으니 더 이상 지체하는 것도 의미가 없겠고."

"바로 준비하겠습니다."

라이오스가 고개를 끄덕였다.

그렇게 막 각자의 위치로 흩어지기 위해 움직이려던 찰나.

"네빌 단장님, 잠깐만요."

아렌트가 갑자기 네빌을 불러 세웠다.

"왜 그러지?"

네빌은 인상을 구기면서도 순순히 그 자리에 멈춰 섰다.

"잠깐만 귀 좀."

"……"

아렌트가 가까이 다가오자 네빌은 순순히 고개를 숙여 주었다.

그에게 바짝 다가선 아렌트는 뭐라 작게 속삭이기 시작했다.

그리고 잠시 후. 네빌의 얼굴이 새파랗게 질렸다.

"……진짜?"

"넵. 진짜. 안 믿기시면 저하께 여쭤보세요."

아렌트가 뒤로 물러서며 고개를 끄덕여 주었다.

네빌은 얼떨떨한 눈으로 몇 번이고 렉시온과 이사벨라를 번갈아 보았다.

미처 그것을 알아차리지 못한 이사벨라가 미간을 찌푸리며 네빌을 재촉했다.

"네빌 단장, 얼른 움직이지."

"예? 아, 예!"

퍼뜩 정신을 차린 네빌이 후다닥 이사벨라의 뒤를 따랐다. 두 사람이 바쁜 걸음으로 방을 나간 뒤, 르웰린이 의아하게 물었다.

"무슨 소릴 했는데 저래?"

"이래저래 불만이 많으신 것 같기에 슬쩍 렉시온 님의 정체를 알려 드렸지."

아렌트가 어깨를 으쓱했다.

"난 그저 렉시온 님의 심부름꾼일 뿐이고, 하찮은 인간과 말 섞기 싫어하는 렉시온 님의 말을 대변하는 것뿐이니 뒈지기 싫으면 자꾸 나대지 말라고."

견습 기사의 건방지기 짝이 없는 언사들이 순식간에 고매하신 드래곤의 뜻으로 탈바꿈한 순간이었다.

아렌트에게 자꾸만 반발하던 네빌이 식겁하는 것도 당연했다.

"……."

뭐라 할 말이 없었다.

드래곤과 엘프, 그리고 인간들의 힐난 섞인 시선이 쏟아졌다. 온갖 종족이 뜻을 같이하는 역사적인 순간이었다.

그러거나 말거나 아렌트는 뿌듯한 미소를 드리우며 주머니에 손을 찔러 넣었다.

"드래곤이라는데 뭐 어쩔 거야. 저런 인간들이 꼭 열등감에 찌들어서는 사고 친단 말이지."

성가신 일은 미연에 방지하는 것이 최고였다.

거기에 덤으로, 네빌은 놀려 먹기 참 괜찮은 부류였다.

* * *

"이야……."

눈앞에 펼쳐진 광경에 르웰린이 아득한 탄성을 터뜨렸다.

"미친 거 아냐?"

심지어는 아렌트마저 잠깐 말문이 막힐 정도였다.

작지만 평화로운 해안가 영지가 있었을 자리에, 거대한 구덩이가 입을 쩍 벌린 채 그들을 맞이하고 있었다.

"장난 아니네."

아렌트는 저도 모르게 그리 툭 내뱉었다.

눈앞의 참상 때문에 멀지 않은 곳에 보이는 잔잔한 바다와 은근하게 불어오는 바닷바람마저 현실감 없이 느껴졌다.

마치 영지 전체를 삽으로 단번에 퍼낸 것 같은 광경이었다. 영지가 있었던 흔적은커녕 건물의 파편조차도 찾기 어려울 것 같았다.

"확실히 드래곤이 아니면 이런 짓은 꿈도 못 꾸지."

아서가 신음처럼 중얼거렸다. 리히트도 그와 비슷한 감상이었다.

"단번에 파괴된 듯하다는 말도 이해가 가는군."

굳이 자세히 조사할 필요도 없었을 것이다.

누가 봐도 이건 영지를 단번에 날려 버린 듯한 형세였으니까.

악신교와 대치하며 온갖 기괴한 것들을 마주한 그들도 어처구니가 없어질 규모의 파괴 행각인데, 이 현장을 처음 접한 네펠레 왕실이 얼마나 당황했을지는 안 봐도 뻔했다.

잠깐 입을 다물고 있던 아렌트가 렉시온을 향해 물었다.

"혹시나 해서 여쭤보는 건데, 니케포르란 놈의 짓이 확실해요? 다른 드래곤이 개입했을 가능성은요?"

"그럴 리 없어. 아직도 곳곳에 놈의 마력 흔적이 남아 있다."

렉시온이 딱 잘라 대답하자 아렌트가 다시 질문을 던졌다.

"다른 기척이 느껴지지는 않고요?"

"딱히. 인간은 물론 호문쿨루스나 구울도 당장은 없는 듯하군. 하지만 방심하지 말도록."

호문쿨루스나 구울 따위야 렉시온의 상대가 안 될 테지만, 언제 어디서 니케포르가 개입해 올지 모를 상황이었으니까.

"알겠습니다."

굳은 얼굴로 고개를 끄덕인 리히트가 기사들을 향해 외쳤다.

"서로 너무 멀어지지 않게 주의하고, 주변을 충분히 경계하면서 탐색하도록. 이변이 느껴지면 즉각 보고하되, 필요하다면 즉각 대응하는 것도 허락한다."

"예!"

절도 있게 대답한 기사들이 모티어 백작 영지가 있던 거대한 구덩이를 향해 흩어졌다.

먼저 움직이는 선배들을 본 아렌트가 렉시온 쪽으로 시선을 옮겼다.

"렉시온 님은요?"

"난 하늘에서 경계하지."

짧게 툭 내뱉은 렉시온이 손가락을 딱, 튕겼다.

그와 동시에 렉시온 특유의 검은 마력이 순식간에 그의 몸을 휘감았다.

잠시 후, 마력이 흩어진 곳에서 홀연히 모습을 드러낸 거대한 새 한 마리가 동이 터 오는 하늘로 날아올랐다.

"노닥거릴 시간 없으니 우리도 움직이죠."

아렌트는 곁에 선 르웰린의 어깨를 툭 쳤다.

"앞장서."

"뭐?"

갑작스러운 말에 르웰린이 눈을 꿈뻑였다. 아렌트는 그에게 노골적으로 한심하다는 시선을 보냈다.

"앞장서라고. 내가 왜 널 여기까지 데려왔겠어? 탐사는 네 전문 분야 아니었던가? 현장을 직접 보고 싶다면서 조른 것도 너잖아."

"아……!"

그제야 르웰린을 정신을 차렸다.

눈앞의 어마어마한 광경에 잠깐 얼이 빠지고 말았지만, 그는 탐험가였다.

잠깐 멍하니 있던 그가 씨익 미소 지었다.

"드디어 내 진가를 알아 주네. 나만 따라오라고. 이래 봬도 탐험가 연합의 연합장이란 말이지."

"알았으니까 움직이기나 해. 시간 없어."

견습 기사가 손을 휘휘 내저으며 귀찮다는 듯 말했지만, 이미 기분이 좋아진 르웰린에게는 제대로 닿지 않았다.

기분 좋게 첫발을 내딛는 르웰린의 뒤에서 아렌트가 짧게 툭 내뱉었다.

"이왕 탐지견을 데려왔으니 잘 써먹어야지."

"……."

신나게 앞장서려던 르웰린이 순간 걸음을 멈추었다.

아서와 리히트가 그에게 안타깝다는 눈빛을 보냈다.

에버란 왕국의 셋째 왕자님이든 이름을 날리는 탐험가 연합의 연합장이든, 아렌트에게는 말 잘 듣는 탐지견 그 이상도 이하도 아닌 듯 보였다.

드래곤도 편리한 이동 수단, 성가신 일에 써먹을 만한 좋은 뒷배 정도로 생각하는 녀석이니 딱히 새삼스러울 것도 없었지만.

굳어 버린 르웰린의 등을 밀며 아렌트가 재촉했다.

"뭐해? 어서 움직여."

"진짜 나쁜 새끼……."

하지만 르웰린에게는 다른 선택지란 없었다. 결국 그는 어깨를 추욱 늘어뜨리며 터덜터덜 힘 빠진 걸음을 옮길 수밖에 없었다.

* * *

아렌트와 렉시온 일행이 떠난 뒤, 라이오스를 포함한 나머지 인원은 후작가에 남아 경계 태세에 나섰다.

새벽에 나타난 거미 괴물 때문에 레이타르 후작가는 들쑤신 벌집처럼 뒤숭숭해진 상태였다.

사체 수습이 끝나고 모조 정령석까지 회수한 다음, 기사들이 사람들을 다독이는 틈을 타 이사벨라는 후작을 찾아갔다.

동족끼리는 서로 알아보는 법 〈305〉

후작가를 수색하고 관리들과 사용인들을 면담하겠다는 통보를 하기 위함이었다.

"그림슨이 악신교의 인간이었던 것처럼, 내부에 적의 첩자가 있을지도 모른다. 무례를 범하지는 않을 테니 이해해 주면 고맙겠어."

"무례라니요, 당치도 않습니다!"

레이타르 후작이 펄쩍 뛰었다.

"저하께서 방문해 주시지 않았더라면 영지는 저 거미 괴물 때문에 쑥대밭이 됐을 겁니다. 당연히 협조해 드려야지요. 설마 그림슨, 그 친구에게 나쁜 속셈이 있었을 줄은……."

그다지 이상한 일은 아니었다. 만일 수색을 거부했다가는 그림슨과 한패로 몰려도 이상하지 않을 상황이었으니까.

게다가 이미 레이타르 후작은 거미 호문쿨루스 때문에 잔뜩 겁을 집어먹은 상태였다.

괴물이 또 튀어나올지도 모른다는 두려움에, 후작은 오히려 이사벨라가 당장이라도 떠날까 봐 심하게 불안해하고 있었다.

"필요한 것이 있으시다면 얼마든지 하명하십시오. 뭐든 도와드리겠습니다."

"말만으로도 고맙군."

공포심에 벌벌 떠는 후작을 위해 이사벨라는 왕실 기사

단 둘을 그의 호위로 붙여 주었다.

그들이 감시역을 겸한다는 것을 알 리 없는 후작은 그저 황송함에 몸 둘 바를 몰라 할 뿐이었다.

"아무래도 후작은 정말로 결백한 듯 보입니다."

이사벨라에게서 그 상황을 전해 들은 자카르가 그렇게 말했다. 라이오스 역시 같은 생각이었다.

"그렇다면 성안에서 일하는 관리들을 주의 깊게 살필 필요가 있겠습니다."

모티어 백작가에 관한 정보를 차단할 수 있는 권한을 가진 이들이 가장 유력한 용의자였다.

이사벨라가 고개를 끄덕였다.

"그리고 그들에게 협조할 수 있는 하급 관리들과 사용인들도 용의자입니다."

잠깐 뜸을 들이던 왕세자가 덧붙였다.

"……정말 잠시도 방심할 수 없군요. 아무래도 제가 지금까지 너무 쉽게 생각한 듯합니다."

적이 내부에 있을지도 모른다.

오직 신앙만으로 적을 가려내기란 결코 쉬운 일이 아니었다.

변방의 작은 영지에서 벌어진 일이라 이 정도지, 만약 왕성에 이런 일이 벌어졌다면 알아차릴 틈도 없이 함락당할 게 분명했다.

"왕성으로 복귀하면 내부를 한번 정비해야겠습니다."

이사벨라가 굳은 얼굴로 다짐했다.

알로이스가 폐위되고 이사벨라가 왕세자가 되며 왕궁은 한동안 뒤숭숭한 상태였다.

그 탓에 미처 악신교까지 경계하지 못한 게 현실이었다.

사정상 어쩔 수 없었다고 하더라도 안일했다는 건 부정할 수 없었다.

"아직 별다른 징조는 발견하지 못했다고 합니다."

자카르가 자연스럽게 화제를 돌렸다.

"라이오스 단장님이 말씀하신 대로 갑자기 기억에 혼란을 겪거나 난폭해진 자가 있는지도 주의 깊게 살피라 명했습니다만, 아직까지 이상 증세를 보이는 인원은 발견하지 못했습니다."

아직 체르니온의 비호가 그들을 감싸고 있다는 뜻이었다.

리히트의 보고에 따르면 신앙을 잃고 아티팩트의 힘이 깨지는 순간, 신도였던 자들에게서 옅은 마력이 떠나가는 것이 느껴졌다고 했다.

여태 그런 조짐도 보이지 않았다는 건 모두가 신앙을 지키고 있다는 뜻이었다.

잠깐 입을 다물고 있던 자카르가 신음을 흘렸다.

"그런 괴물을 마주하고도 신심을 잃지 않다니. 어떻게 보면 대단합니다."

따지고 보면 그들은 변절자였다. 왕국은 오랫동안 루체신을 모셔 왔으니까.

체르니온 신이 영지를 침범한 지 얼마 되지도 않은 시점일 텐데 그렇게까지 견고한 신앙을 가질 수 있다는 게 놀라울 따름이었다.

라이오스가 덤덤하게 대답했다.

"그게 바로 아티팩트의 힘입니다. 한번 신앙을 가졌다면 '므네모시네의 숨결'의 힘을 받아들일 수 있으니까요. 그것에 당한다면 사실상 자발적으로 교단을 떠나기란 쉽지 않은 듯합니다."

"하지만 어떻게 평생 모셔 온 신에게서 한순간 등을 돌리는지……."

낯빛을 흐린 왕세자가 그리 말하자, 라이오스가 가라앉은 음성으로 답을 내어 주었다.

"그다지 이상한 일은 아닙니다."

"예?"

자카르와 이사벨라가 동시에 라이오스를 보았다. 그들의 놀란 시선을 받아들이며 라이오스가 덤덤하게 입을 열었다.

"단 한 번의 계기로 갑자기 변할 수 있는 것이 사람의 마음이니 말입니다."

묘한 말이었다.

그 말을 입에 담은 자가 성검의 주인인 라이오스이기에

동족끼리는 서로 알아보는 법 〈309〉

더욱 그랬다.

 잠깐 할 말을 찾아 입술을 달싹이던 이사벨라가 어렵게 질문을 꺼냈다.

 "단장께서는 그들을 이해할 수 있다는 말씀이십니까?"
 "……이해하고 말고의 문제가 아닐지도 모릅니다."

 문득 아렌트가 언제나 입에 담는 말이 떠올라, 라이오스는 그대로 툭 내뱉었다.

 "대가 없는 헌신이라는 것은 허상이니까요. 어느 신을 따르건 결국 사람일 뿐이니, 신자들은 자신의 바람을 이뤄 줄 신에게 몸을 의탁할 수밖에 없습니다."

 성검을 손에 쥐기 직전 자신이 그랬던 것처럼.

 저도 모르게 성검을 만지작대던 라이오스는 문득 주변이 조용해진 것을 깨달았다.

 자카르와 이사벨라가 입을 꾹 다문 채 복잡한 눈으로 그를 응시하고 있었다.

 몇 차례 눈을 깜빡이던 라이오스는 뒤늦게 자신의 실수를 알아차렸다.

 "죄송합니다. 말이 쓸데없이 길었군요."
 "아닙니다. 한 번쯤 생각해 봐야 할 문제인 것은 사실이니까요."

 이사벨라가 가볍게 고개를 내저었다.

 한동안 침묵하던 자카르가 다시 운을 뗐다.

 "그저 사람의 마음이 바뀌는 것은 하나의 현상일 뿐인

지도 모른다는 말씀이시군요."

라이오스는 대답하지 않았다. 긍정을 뜻하는 침묵이었다.

이번에는 이사벨라가 입을 열었다.

"현상에는 원인이 있는 법입니다. 원인을 밝혀내지 못한다면 해결책을 세우기도 어렵겠군요."

"감히 말씀드리자면, 아마 그 원인도 조만간 알 수 있을 듯합니다."

라이오스가 짧게 내뱉었다.

"이동하는 중, 아렌트가 저하께 던졌던 질문들이 아마 그 단서일 것입니다. 아직 저 역시 그에 관해 아렌트에게 보고받지는 못했습니다만, 곧 결과를 알 수 있을 겁니다."

"아렌트 경은 도대체……."

이사벨라가 질린 소리를 냈다.

자카르 역시 아무 말도 하지 않았지만 비슷한 심정인 것 같았다.

라이오스는 차분하게 말을 이었다.

"일단 지금 중요한 것은 이 사태를 수습하는 것입니다. 적이 어떻게 나올지가 관건이군요."

"이대로라면 후작성 내부에서 반란이 일어나지는 않을 듯합니다."

자카르가 고개를 끄덕이며 대답했다.

엘프와 기사들이 진을 쳤고, 레이타르 후작마저 악신교에 강한 반감을 드러냈다.

자칫하다간 제대로 싸워 보기도 전에 목이 날아갈 판이니, 적들도 안에서부터 들고 일어나는 방법은 포기했을 터였다.

"그렇다면 외부에서부터 공격해 올지도 모릅니다. 무엇보다 드래곤이 직접 나설 가능성도 있으니, 결코 경계를 늦춰서는 안 됩니다."

라이오스의 말에 이사벨라가 헛웃음을 터뜨렸다.

"정말……. 직접 겪지 않았더라면 허풍이라고 비웃었을지도 모르겠습니다."

시시각각 위험이 닥쳐오고 있다는 것이 피부로 느껴졌다.

이사벨라가 한탄처럼 읊조렸다.

"아주 긴 며칠이 될 것 같습니다."

(배신 기사의 유쾌한 신의 14권에서 계속)